www.jollibre.com

València, 44. 46210 Picanya (València)
Telèfon: 96 159 43 90

ISBN: 978-84-16666-46-1
Depòsit legal: M-26534-2020
Printed in Spain – Imprés a Espanya

Primera edició: març de 2021

Directora de la col·lecció:
Maite Malagón
Editora executiva:
Yolanda Caja
Direcció d'art:
José Crespo i Rosa Marín
Projecte gràfic:
Marisol del Burgo, Rubén Chumillas, Julia Ortega,
Álvaro Recuenco i Laura Ruiz

Les matèries primeres utilitzades en la fabricació d'aquest llibre són reciclables i compleixen àmpliament amb la normativa europea de sostenibilitat, economia circular i gestió energètica.

Un món per guanyar

Joan Carles Ventura

Il·lustració de coberta de Gemma Capdevila

jollibre

«Ningú va cometre un error tan gran
com aquell que no hi va fer res perquè
només podia fer-hi una mica».
Edmund Burke (filòsof)

«La gent es pensa que el contenidor
és una caixa màgica que s'emporta
tot el que tiren».
Molta merda (documental)

I

Un adolescent qualsevol

Una vegada més, el llegendari Cescònan el Bàrbar i la seua inseparable companya d'aventures, la poderosa maga Ainaël, es preparaven per superar un nou desafiament. Feia dos dies que l'audaç maga èlfica i el colossal guerrer s'havien endinsat en els passadissos del Temple de la Desesperació i, per fi, poc abans de la mitjanit de la segona jornada, havien arribat al centre d'aquella laberíntica masmorra presidida per una enorme piràmide. Amb gran astúcia i valor, ambdós exploradors havien esquivat les incomptables trampes que infestaven les ruïnes i, a força d'encanteris i destralades, s'havien obert camí entre monstres fastigosos de tota classe. Finalment, malferits i extenuats, contemplaven davant seu la sinistra tomba de Ki-Tra-Nah la Sanguinària, la reina drac que havia atemorit els set regnes durant l'era obscura.

Ben prompte, les fabuloses riqueses del tresor d'aquella monstruosa criatura infernal serien seues i tots dos es convertirien en els saquejadors més cèlebres de la Terra Llunyana. Només havien de travessar les portes del seu sepulcre i derrotar el fantasma de la malèvola bèstia. Aleshores, esdevindrien autèntics herois i assolirien fama, fortuna i glòria. Els

joglars cantarien la seua història arreu de les tavernes i dels mercats i tothom recordaria la seua gesta amb admiració. No seria, però, una tasca fàcil...

—Estàs preparada, amiga? —va preguntar Cescònan a Ainaël, al temps que brandia la seua enorme destral i s'aferrava al seu escut.

—Sempre ho estic —li va respondre ella amb resolució, tot empunyant el bastó màgic i preparant el sortilegi més devastador del seu repertori: la triple bola de foc explosiva amb efecte retardat.

Llavors, de sobte, uns esfereïdors retrunys van fer tremolar les parets del *sancta sanctorum*...

Pom! Pom! Pom!

—Oh, oh...

Aquells colps bruscos van esgarrifar l'aguerrit bàrbar de cap a peus i van provocar que, instintivament, es fera enrere d'un bot.

—Encara jugues a l'ordinador, Cesc? Vinga, va, deixa-ho d'una vegada, que és tard i demà no hi haurà qui t'alce per a anar a escola...

No havia sigut l'espectre enfurit de Ki-Tra-Nah la Sanguinària qui havia causat el rebombori, sinó sa mare, que havia picat la porta de l'habitació i havia entrat tot d'una, interrompent l'emocionant aventura que l'adolescent vivia amb el seu videojoc de rol preferit.

—Ja vaig, ja vaig —va protestar ell, refent-se de l'esglai, però sense llevar els ulls de la pantalla—. De seguida que liquide el monstre final, apague l'ordinador i em gite.

—D'això res, són quasi les dotze i ja és hora que desconnectes. Has passat mitja vesprada enganxat i, per si això no fora prou, també has estat jugant tota l'estona de després de sopar. Jo crec que ja ho tens bé.

—Però és que... —balbucejà ell—. Estic a punt de... quasi... de...

—Ni és que ni esca, Joan-Francesc —el tallà la mare, sense miraments—, l'ordinador és per a estudiar i fer els deures; no per a passar hores i hores matant marcianets, ni per a tafanejar vídeos absurds de Youtube, ni per a compartir les teues intimitats per Instagram.

—Eh, eh, para el carro, mamà, i no t'embales, que jo no tinc cap compte d'Instagram. I els deures els vaig fer despús-ahir, divendres, en arribar del col·le —es va defensar el jove.

—Em pareix de categoria, això vol dir que has après que primer va l'obligació i després la devoció. Però, per hui, ja n'hi ha prou: apaga el trasto, baixa a tirar el fem i, quan tornes, et fiques al sobre sense piular.

—Pfff! Damunt!? Damunt que no em deixes acabar la partida, em toca a mi baixar a tirar el fem!? —es va exasperar el xic.

—Sí, senyor, és clar que et toca a tu baixar-lo. En aquesta casa, les feines ens les repartim entre tots, ho recordes? Ton pare ha cuinat la lasanya de verdures i jo he parat taula i he posat el rentaplats, cosa que et corresponia de fer a tu. Però, és clar, com que has eixit disparat cara a la maquineta en acabar de sopar...

—D'acord, d'acord, ara el baixaré —va claudicar ell, mentre desava els progressos de la partida i apagava l'ordinador.

No hi havia res a fer. Després d'haver passat quasi tot el cap de setmana entusiasmat amb aquella trepidant aventura, el desenllaç de l'èpica batalla entre Cescònan el Bàrbar, la seua companya èlfica i el fantasma de la mítica reina drac hauria d'esperar a un altre moment més propici. Ara l'adolescent havia de complir una missió molt menys arriscada, però sens dubte més urgent: havia de baixar a tirar el fem. Quan la mare s'encabotava en alguna cosa, no hi havia manera de dur-li la contrària. I, sobretot, era millor no replicar-li res si en algun moment de la discussió l'anomenava pel seu nom complet...

—Així m'agrada —li va dir finalment ella, en veure que la pantalla de l'ordinador pampalluguejava i s'enfosquia. I, tot seguit, ja des del llindar de la porta, hi va afegir—: i, abans de gitar-te, no oblides rentar-te les dents a consciència i vindre a fer-nos un bes de bona nit al papà i a mi. Entesos?

—Senyor, sí, senyor! —acceptà l'adolescent, tot dedicant-li una entremaliada salutació marcial.

En quedar-se sol, Cesc va estirar els braços, es va alçar de la cadira i es va adonar que tenia tot el cos adolorit i enrampat; havia passat quasi dues hores seguides assegut i tenia el cul quadrat.

—Tirar el fem ara, quin rotllo més rotllo! —va rebufar entre dents, mentre es posava amb desgana una dessuadora sobre la samarreta, tot preveient que fora, al carrer, potser faria bastant més fred que a la seua confortable habitació.

Abans de deixar la cambra, el jove va agafar d'una revolada la guia del videojoc que havia imprés aquella mateixa vesprada i se la va ficar dins la butxaca posterior dels pantalons.

«Aprofitaré el trajecte en l'ascensor per a repassar les claus per a derrotar el monstre final», es va dir.

Realment s'havia enganxat a l'emocionant aventura que havia estat vivint durant les darreres hores i li sabia greu haver de desconnectar-se'n tan abruptament. Resignat, es va adreçar cap a la cuina i va agafar el farcell que l'esperava a la galeria: la bossa negra plena de les deixalles familiars del cap de setmana. Amb la càrrega a punt, va anar al rebedor, va agafar les claus del penjador i va abandonar el pis.

—Ara torne! —va anunciar a crits, mentre tancava la porta darrere seu i s'encaminava cap a l'altra banda del replà a esperar pacientment l'ascensor.

Dring!

L'elevador hi va arribar alguns instants després i, sense donar-li temps ni de fullejar el manual, li va obrir les comportes de bat a bat amb un carrisqueig metàl·lic. Cesc hi va muntar i va prémer el botó de la planta baixa. D'immediat, com obeint una mena d'impuls irresistible, es va capgirar i va contemplar la seua imatge reflectida al gran espill que revestia la paret del fons de la cabina. D'esma, quasi sense adonar-se'n, es va refer el pentinat. Com que duia els cabells llargs i solts, sovint se li esbullaven i li cobrien la cara i els ulls cada dos per tres. El seu aspecte, a primera vista, tenia un cert aire desendreçat —«*casual*», en deia ell—. A son pare no li feia massa gràcia que es deixara créixer tant la cabellera i, sempre que tenia ocasió, li recomanava una visita a cal barber. Sa mare no ho confessava obertament, però es notava que la seua aparença tampoc no li acabava de fer el pes i, constantment, li apartava el serrell del front i li deia que no entenia per què s'entestava a tapar aquells ullets verds tan bonics que tenia. El jove, en canvi, els replicava que el seu *look* era cosa seua i de ningú més. A Cesc el reconfortava que el seu esguard i el seu semblant quedaren parcialment allunyats de les mirades inquisitives de la gent; d'alguna manera, se'n sentia protegit.

«No estic gens malament, la veritat», es va dir ell, satisfet. I es va apartar amb la punta dels dits la cortina de cabells que li queia per davant els ulls i la va dividir en dues meitats que va provar de subjectar-se, infructuosament, darrere les orelles.

Llavors, tot d'una, mentre Cesc es treia de la butxaca la guia del videojoc per preparar a consciència l'encontre final amb la maligna reina drac, va ocórrer un fet d'allò més inusual: l'electricitat es va tallar d'improvís i, en qüestió de només uns quants segons, tot va quedar submergit en un mar d'obscuritat i de silenci. L'ascensor on baixava el jove s'aturà de colp a mitjan camí entre el quart i el tercer pis, i ell, per descomptat, es va sobresaltar de mala manera. La seua primera reacció en anar-se'n la llum va ser de pànic; els cabells se li van eriçar, la pell se li esborronà i no va poder reprimir una exclamació d'espant:

—Merda, merda, merda!

Tot seguit, des del conducte de l'ascensor, per damunt el seu cap, li va arribar l'eco llunyà d'uns grinyols estridents, acompanyats d'una remor constant i somorta. Aquells sorolls estranys el van fer posar-se encara més nerviós...

—Què ha sigut això? —va murmurar entre dents, mort de por.

II

Fenòmens paranormals

Tot sol allà dins, envoltat per la més absoluta foscor, l'angoixa i el neguit s'escolaren gota a gota durant interminables segons, mentre el jove es preguntava quin podria ser l'origen dels inquietants sorolls que ressonaven a través del conducte de l'ascensor. De seguida, a la seua fantasiosa ment es van acumular tota mena d'hipòtesis esfereïdores i d'imatges horripilants. En primera instància, va associar la fressa a l'arribada d'alguna mena de monstre sobrenatural: una taràntula gegant, un pèrfid contemplador, un dimoni escapat de l'infern o un despietat Alien caçador d'humans. De seguida, però, en va descartar la possibilitat, per massa retorçuda i absurda, i va començar a pensar en la incursió d'una perillosa banda organitzada de lladres. Aquesta segona teoria, també la va rebutjar d'immediat per manca de lògica; què feien uns lladres ficant-se pel conducte de l'ascensor, quan res no els impedia usar l'entrada principal? A més a més, per què haurien d'escollir el seu edifici com a objectiu d'un assalt, si dins no hi vivia ningú important i tampoc no hi havia cap seu de cap empresa? Finalment, quan va aconseguir asserenar-se i analitzar la situació amb una mica més de sang freda, va concloure que tot plegat era massa pel·liculer i que la causa més probable devia ser una simple fallida de la xarxa elèctrica. Aquesta visió més realista dels fets va aconseguir que l'adolescent es calmara per moments i que minvaren tot d'una la seua ansietat i el ritme enfollit dels batecs del cor. Llavors, però, va contemplar la possibilitat de passar la nit sencera atrapat i oblidat entre aquelles quatre parets i, de resultes d'aquella nova cabòria, una terrible sensació de claustrofòbia s'apoderà dels seus ànims; l'estómac se li va constrényer, el cos se li va estremir de dalt a baix i el front se li va amarar de suor.

—Auxili, no vull morir ací tancat!!! —va estar a punt de cridar.

No obstant això, abans que poguera obrir la boca, les seues pors es van diluir sobtadament quan els llums d'emergència es van engegar amb un dèbil parpelleig i l'elevador es posà de nou en funcionament amb un grinyol.

En notar el tranquil·litzador balanceig de l'aparell davall els seus peus, Cesc va rebufar alleujat i va lligar caps d'immediat: els estranys sorolls que havia estat sentint es corresponien amb l'enrenou causat per l'engegada del generador auxiliar que havia reactivat l'ascensor.

—Uf, quin esglai més absurd, mira que espantar-me per un simple tall de llum! —es va riure d'ell mateix—. I, damunt, estic fava: perfectament, podria haver premut el botó de l'alarma en qualsevol moment i algun veí hauria acudit de seguida a rescatar-me. Que empanat que estic!

Tot havia tornat a la normalitat i l'indicador de baixada marcava una altra vegada el descens al ritme habitual.

Tres...

Dos...

U...

Sorprenentment, en arribar al zero, l'elevador no es va aturar a la planta baixa, sinó que continuà descendint...

Menys u!?

Menys dos!??

Menys tres!???

Què passava? Havia embogit aquell trasto amb el tall d'electricitat?

Dring!

L'ascensor es va parar al pis menys quatre i, llavors, les comportes s'obriren pausadament, al mateix temps que una subtil boirina gèlida penetrava a l'interior de la cabina. Un intens calfred recorregué la pell de Cesc des de la punta dels peus fins darrere de les orelles: tenia un mal pressentiment. Tanmateix, no es va acovardir, va respirar fondo i va abandonar aquell sufocant habitacle decidit a complir la tasca que tenia encomanada.

Quan va eixir del portal, el primer que va veure fou un carreró fosc tristament il·luminat per dos solitaris fanals. Un efluvi repugnant, barreja de gasos innobles i pútrida pudor, perfumava aquell indret i li saturava les narius. Cesc se sentí corprés d'immediat; res del que s'estenia davant seu li resultava familiar: la bella bardissa de baladres que envoltava el seu edifici s'havia evaporat per encanteri i l'ample carrer que tots els dies transitava cap a la parada de l'autobús escolar s'havia transformat en un llòbrec raconet de penombres. No sabia ben bé què fer, els seus ulls no donaven crèdit al que veien i res del que passava pareixia tindre sentit.

«Què és aquest lloc? Què vol dir tot açò?», es preguntava, atabalat.

Llavors, amb molt de sentit comú, va decidir tornar a casa i explicar als pares tot el que havia ocorregut. El més probable era que no el cregueren i que el bonegaren per inventar-se històries absurdes; li dirien que tenia massa pardals al cap i que llegia massa històries de fantasia. Potser, fins i tot, el titlarien de cagarri. Però res d'això no importava: el que li succeïa era veritablement inusual.

Decidit, es va capgirar cap al portal i, aquesta vegada, no va poder ofegar el crit d'espant que li brollà de la gola en veure que l'entrada del seu edifici —l'entrada per on just acabava d'eixir— s'havia esfumat i que, en comptes del portal, hi havia un impressionant mur de formigó d'uns quatre o cinc metres d'alçària, coronat per un esfereïdor garbuix de madeixes de fil d'aram espinós. Al centre del mur, penjava una placa picada i rovellada amb un avís mig esborrat:

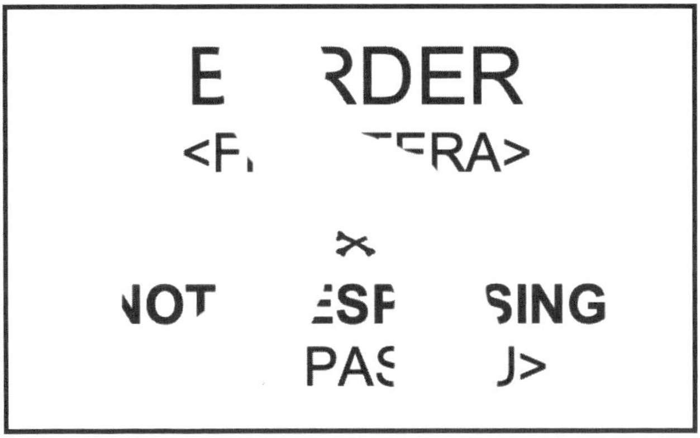

Esmaperdut i tremolós, Cesc s'acostà al cartell i, amb la màniga de la dessuadora, llevà la pols i l'òxid que cobrien part de les lletres. Quan acabà, s'hi llegia:

—No pot ser, no pot ser, no pot ser... —repetia espantat.

Allò que li passava era excessivament insòlit: tot el barri havia desaparegut darrere seu d'una revolada i aquell cartell era idèntic a un que havia vist divendres, en la il·lustració d'una notícia que havia trobat per Internet, mentre feia els deures

de Socials sobre la crisi humanitària dels refugiats de Síria que ja no importaven a ningú. Aquella notícia li havia provocat un profund malestar i havia fet que passara tota la vesprada preguntant-se per què el món funcionava tan malament i per què ningú no semblava disposat a posar-hi remei. De fet, arran d'haver-se posat a investigar més sobre aquella sagnant tragèdia i sobre les dramàtiques conseqüències, el jove havia acabat decidint passar tota la resta del cap de setmana immers en el seu videojoc preferit; perquè, a diferència de la vida real, en els mons de fantasia, tots els problemes tenien fàcil solució.

—No pot ser, no pot ser... —continuava dient-se, atònit.

Cesc contemplà una altra vegada la delirant escena —aquesta volta, procurant mantindre la calma— i va arribar a la conclusió que tot allò devia ser un horrible malson i que, per tant, no havia de preocupar-se'n gens ni miqueta: prompte estaria despert, desdejunant-se llet i cereals a la cuina de casa com feia cada matí. La imatge mental de la seua exagerada tassa de llet repleta de deliciosos flocs de dacsa xocolatada el tranquil·litzà per moments, però d'alguna manera, des del fons del seu cervell, intuí que allò no era cap somni: l'insuportable ferum i la boirina gelada que l'envoltaven eren ben reals i, no només això, també pressentia amb recel que ell no era l'únic ocupant d'aquell tèrbol carreró: arrecerat entre les tenebres, algú observava els seus moviments...

III

La insòlita troballa del carreró

Després d'intentar escalar infructuosament l'imponent mur que li barrava el pas de tornada cap al seu edifici, Cesc va sentir curiositat per saber quant de temps havia transcorregut des que havia eixit de casa. Va consultar l'hora en el mòbil i, de nou, va quedar petrificat de cap a peus: el seu telèfon indicava les 00:00:01 hores! La pantalla mostrava l'hora exacta en què s'havia produït el tall de llum, però l'aparell ni es desblocava ni reaccionava a cap de les instruccions que li donava. Per molt que en premera els botons amb insistència, aquell maleït trasto no funcionava i marcava indefinidament mitjanit i un segon. En fer aquell desconcertant descobriment, el jove va restar durant una bona estona bocabadat, fins que una dèbil ràfega de vent li portà al nas la pestilent aroma del carrer que el retornà novament a la realitat.

—Quina pudor que fa ací! —esclatà, malhumorat.

Llavors, una veu potent contestà els seus renecs:

—Algú hi ha?

—Hi ha algú? —repetí ell, aterrit. I les seues paraules sonaren com si foren l'eco de la pregunta que acabava de sentir.

—Perquè veure't puga, acosta't a mi! —tronà la misteriosa veu des del fons del carreró.

Durant alguns instants, el xicon restà paralitzat, atemorit pel fet de compartir espai amb una presència oculta. Però, a poc a poc, va aconseguir reunir el coratge suficient i va avançar tremolant cap a l'eixida d'aquell passatge sense trobar-hi cap indici de vida que no fora la silueta esmunyedissa d'algunes rates furtives. En arribar al cantó, Cesc va constatar sorprés que allà tan sols hi havia un munt de caixes de cartó estripades i apinyades en desordre i un solitari fanal de peu que il·luminava tènuement l'indret. Desconcertat, el xicon va formular una tímida pregunta de manera quasi inintel·ligible:

—On... on estàs?

—Teu darrere —respongué bramant la veu d'abans, ara tan propera que el jove no pogué evitar fer un xicotet bot en sentir-la.

Darrere seu només hi havia una paperera atrotinada que l'adolescent havia passat per alt i que estava enganxada a la base del pal del fanal.

—Darrere meu... on? —s'atreví a inquirir, al temps que es girava.

—Ara ja darrere no estic, ara enfront just estic.

Impossible: davant seu sols hi havia aquell desmanegat depòsit de residus.

Inspirat de sobte per la intuïció, Cesc va traure el cap per la ranura central de la paperera per veure qui s'hi amagava dins. Però dins la paperera no es veia res...

—Les manetes de damunt lleva'm! Dentista et creus que ets?

Cesc obeí d'immediat i, tot al·lucinat, preguntà:

—Ets una paperera?

—?

—Vull dir: com és que ets una paperera i parles?

—Que parle clar és: gran boca tinc i llavors parlar puc!

Així era: aquella paperera obria i tancava, una i altra volta, la ranura central, vocalitzant de forma ostentosa cada so que pronunciava.

—Què tens? Mut has quedat de sobte? No gens difícil de comprendre és: papers molts, plens d'oracions, lletres i mots, verbs i substantius a la meua panxa apleguen a diari i natural és que aprés haja a llegir. Parlar, després, senzill resulta: sols he d'eructar i una frase als meus llavis compareix.

—Impressionant! —exclamà el xic, fascinat—. I totes les papereres podeu fer això?

—Normalment, sí. Però si mala digestió tenim, una trabucada conversa ens pot acabar eixint. El que passa és que ningú a xarrar no es para mai amb nosaltres; tothom va amb corregudes i presses, avall i amunt estressats sempre van tots!

—Crec que entenc exactament a què et refereixes... —feu ell, amb sincera empatia—. Però, així i tot, em sembla increïble que sigues capaç de parlar.

El jove havia perdut totalment la por i la vergonya i ara enraonava animadament amb aquell contrafet cilindre metàl·lic. Si algú haguera contemplat l'escena des de fora, s'hauria convençut que l'adolescent estava malament del cap.

—Parlar sé i escoltar també sé, el que jo no sé —feu la paperera, adoptant un to greu— és: què fa un jove com tu pul·lulant sol pels carrers a unes hores tan intempestives?

—Jo tampoc no ho sé —admeté ell—. He baixat a tirar el fem i han començat a passar-me coses estranyes: el meu carrer s'ha transformat en aquest paratge fosc i desconegut i no tinc ni idea d'on estic ni on puc trobar un contenidor per a tirar el fem. Tu no em podries ajudar?

—Mmm... —mormolà la paperera, tota pensarosa—. La situació analitzem amb deteniment: d'un cas veritablement estrambòtic es tracta... Un cas estrambòtic de ben de veres, sí senyor... Per casualitat no hauràs...?

—?

—No, no, no, això pot no ser! I no hauràs...?

—Com dius?

—No, no, no, tractar-se d'això tampoc no pot!

Cesc hauria jurat que la paperera enrogia de tant de cavil·lar...

—Perdona, t'importaria explicar-me què et ronda pel cap?

—Oh, res, no res, meues coses. El que passa és que una mica famolenca estic i amb l'estómac buit concentrar-me bé no puc. Algun tros d'escrit dins eixa bossa teua no duràs? Coseta qualsevol m'apanyarà, amb línies dues o tres n'hi haurà prou...

Cesc no entenia per a què necessitava aquella paperera embarbussada «algun tros d'escrit», però va deslligar la bossa del fem i, fent mil ganyotes de fàstic, va regirar entre les deixalles i en va traure un parell de revistes, un diari, dues o tres factures esgarrades, diversos fullets de propaganda i un grapat de tríptics de serveis de menjar ràpid a domicili.

—Mmm! Moltes gràcies, amic meu, estava realment bo, exquisit! —va dir la paperera, plena d'eloqüència, en acabar d'engolir-se tota aquella paperassa—. Mmm! I ara que tinc més aclarides les idees, crec que ja sé què et passa: ets víctima d'un fenomen paranormal que vincula energies místiques i tel·lúriques que el meu intel·lecte no és capaç d'interpretar en la seua íntegra magnitud. O, dit amb paraules més planeres: no sé ni com ni per què, però sospite que has vingut a parar a un tram paral·lel de la realitat.

—Com? Què vols dir exactament? —va demanar el xic, astorat.

—Bé, veuràs, amic meu: em pareix que t'has endinsat en una realitat que no es correspon amb la realitat que tu coneixes i que transites habitualment.

—Vols dir que em trobe en una mena d'altra dimensió, com en un relat de ciència-ficció de mons múltiples!?

—Més o menys, una cosa per l'estil; són coses que passen.

—Coses que passen!?

—Sí, de tant en tant, li ocorren a una certa gent.

—I per què a mi concretament? Què he fet jo perquè tot açò em passe? —s'alterà el jove.

—Per què a tu...? —repetí la paperera entre dents—. Aquest és el quid de la qüestió i crec que n'hauràs d'esbrinar tu tot sol la resposta. Tal volta has formulat algun desig amb molta força o potser has d'aprendre una lliçó important aquesta nit...

—Quin desig? Quina lliçó? No entenc res!

—El cas és que has travessat una escletxa oculta entre dos mons allunyats: una mena de portal metafísic. No tinc ni idea de per què s'ha obert per a tu aquesta porta interdimensional, però estic completament segura que, si sobrevius en aquest univers alternatiu, trauràs alguna ensenyança de profit.

—I si no?

—No ho podràs contar.

En escoltar aquella lapidària resposta, Cesc es torbà enormement davant les grotesques perspectives de futur i es posà a somiquejar, espaordit.

—I què puc fer? —demanà entre sanglotejos—. No entenc res, jo no recorde haver formulat cap desig... Jo només desitge tornar a casa ara mateix!

—Tingues paciència —el tranquil·litzà la paperera—, aquests misteris sempre tenen una certa lògica; una lògica màgica i retorçuda, però lògica al cap i a la fi. Per començar, si has baixat a tirar el fem, has d'aconseguir tirar-lo com siga. Açò sempre funciona així: complir l'objectiu primordial és essencial. Després, hauries d'intentar parlar amb l'Oracle Insidiós, la sàvia i docta

Kqua, dama i senyora del Llac Fangós; tractant-se com es tracta d'un desajustament de les coordenades misticotel·lúriques i psicofísiques, ella et sabrà ajudar.

—Però... si ni tan sols sé on estic, com puc fer-m'ho per trobar-la?

—Això també forma part del teu desafiament —li respongué la ferralla—: hauràs de localitzar el camí que duu cap al seu temple i afrontar els temibles perills que envolten els seus dominis.

Cesc tornà a inquietar-se de cap a peus: sense cap explicació aparent, havia aparegut enmig d'un món estrany on les papereres parlaven, les ombres s'estenien funestament pertot i nombroses amenaces l'aguardaven darrere cada cantonada.

—No et preocupes, xiquet, tinc el pressentiment que acabaràs trobant la manera de desfer tot aquest embolic. Això sí, t'espera un llarg viatge i jo no puc acompanyar-te, perquè no tinc peus i no puc desplaçar-me. Però no patisques: tu, simplement, ves amb molt de compte i, passe el que passe, no oblides que has d'aconseguir desfer-te del fem que portes.

IV

Un desagradable encontre

El carreronet on Cesc havia trobat la paperera parladora desembocava en una ampla avinguda sense massa edificacions. El jove es va posar a recórrer-la i, mentre s'encaminava cap al seu incert extrem, es va fixar en com la seua figura es reflectia en totes les finestres dels cotxes que reposaven adormissats contra les voreres. Atrapat per la superfície especular, el seu semblant desorientat li era retornat com un lament, com una imatge espectral. Però el seu rostre no era l'únic d'espectral que hi havia en aquell indret: tot el paratge es trobava immers davall una lleu boira que, entrellaçada subtilment com una teranyina, cobria l'horitzó fins al punt de tornar quasi etèria la realitat. Era mitjanit eternament i l'adolescent baixava perdut per aquella rambla compassat per l'encisadora partitura policroma que executaven al seu voltant els senyals lluminosos dels semàfors. De tant en tant, el vent, xiuxiuejant entre els passadissos d'aquell intricat laberint urbà, portava a les orelles el ressò d'algun vehicle llunyà que, esvaint-se en la foscor, creuava rabent el silenci expectant de la zona. Aquest ressò era la prova que les carcasses metàl·liques, recolzades a banda i banda de la calçada, tenien vida durant el dia i omplien amb el seu estrèpit un espai convertit, en aquelles hores, en un desolador desert d'asfalt.

La foscor abraçava la ciutat. Pas a pas, dins el pit de Cesc, la sensació de terror anava cedint davant un nou sentiment: el plaer de saber que ell era l'únic transeünt d'aquella immensa i solitària avinguda. Tanmateix, aquell orgull sobtat només era una quimera enganyosa i el jove prompte ho descobriria. A poca distància per davant seu, ocults per la boira persistent i emparats per la penombrosa foscúria, avançaven cap a la seua posició els autèntics amos i senyors d'aquell vast territori: cinc monstres repulsius que només gaudien fent el brètol i que, entre càntics desfermats i rialles escandaloses, tornaven cap al seu cau després d'una intensa nit de sanguinolenta cacera.

Si veus una rata immigrant,
la cara li hauràs d'esclafar!
Ha, ha, ha! Ha, ha, ha!

Si sents que crida ben fort,
hauràs de trencar el seu coll!
Oh, oh, oh! Oh, oh, oh!

Quan l'adolescent va reparar en les cinc siluetes, les confongué de primer moment amb una colla de xicons majors que tornaven de festa. Però, quan va escoltar l'horrible lletra de la seua cançó i quan per fi els va tindre a tocar, es va adonar que eren anormalment grans i geperuts, tremendament lletjos i berrugosos. Aquells no eren xics: eren ogres! Això sí, eren uns ogres d'allò més peculiars, perquè tots lluïen els caps rasurats i vestien jaquetes *bomber*, botes militars i texans ajustats.

Tan bon punt Cesc comprengué el seu fatal error, va provar de fugir a correcuita d'aquell parany, però les cinc deformes criatures el van envoltar amb una ràpida maniobra, li van barrar el pas, el van tombar a terra i li van propinar un parell de fortes espentes. En un obrir i tancar d'ulls, l'ogre que capitanejava el grup l'agafà per la caputxa de la dessuadora i l'alçà a plom.

—Eh, tu, on creus que vas? No deus haver vist passar una rata immigrant per ací prop, no? —li va preguntar el monstre, amb una veu desmesuradament rauca, al temps que l'aire s'omplia de la pudor insofrible del seu alé—. Anem darrere d'una que se'ns ha escapat fa poc i creiem que no deu estar massa lluny...

Cesc va fer que no amb el cap. Quasi no podia parlar i només feia que tossir; aquell brètol li estava tallant la respiració i la cara se li estava tornant morada per moments.

—És un nan del fem? —va preguntar aleshores un dels sequaços.

—No, no és cap nan del fem —va contestar el cap de la quadrilla—; no vesteix com un nan ni corre com un nan...

Un altre d'aquells animalots se li va acostar fent balancejar el seu nas deforme i, tot seguit, el va ensumar de dalt a baix.

—Té la mida d'un nan, però no fa olor d'un nan! —va sentenciar.

Cesc tenia tanta por a aquelles alçades que havia de fer grans esforços per a contindre's la pixera, mentre s'estirava com podia el coll de la dessuadora per evitar ofegar-se.

—Tampoc no és un immigrant —va afirmar un altre dels ogres.

—En efecte, tampoc no és un maleït immigrant —confirmà el capitost.

—I llavors, què botons és? És comestible? —qüestionà un tercer ogre.

—I si li peguem un mos, el tastem i descobrim què és? —va suggerir el més gros de tots, mentre se li feia la boca aigua i la saliva li queia a regalims a través de les comissures.

—No cal tastar res! Ací no hi ha cap misteri: açò només és un xicon, un xic qualsevol —sentencià el qui manava.

—Un xic! —exclamà un dels ogres.

—Sí, és obvi que és un xic —corroborà el més perspicaç.

—I què fa un xic tot sol pels carres a aquestes hores? —preguntà un altre.

—Això! Què fas sol pels carrers a aquestes hores? —li demanà el cap.

—Jo... eh... només... he baixat a tirar el fem —contestà ell, com pogué.

—A tirar el fem?

—A mi, això em sona a burda excusa, haurien de menjar-nos-el ara mateix sense pietat! —plantejà el més golut del grup.

—Res de cruspir-nos-el! —es va enfurir el cap

de quadrilla, alhora que propinava un violent calbot al seu famolenc sequaç—. I si resulta que té un gust fastigós? O, pitjor encara, i si resulta que és tòxic? Serà millor que ho consultem amb el nostre líder suprem i que ens limitem a complir les seues sàvies ordres. Però abans, això sí, ens assegurarem que no puga fugir...

Dit i fet, aquell energumen va arrossegar el jove a redolons pel carrer i el va penjar, per la caputxa, d'un semàfor pròxim.

—Au, aquest pernil ja no es mourà d'ací!

—Ben dit, anirà curant-se poc a poc i tindrà més bon gust quan el tastem!

Els ogres van marxar ben satisfets d'haver-lo deixat allà penjat. Per sort per a Cesc, la intel·ligència no era la virtut més destacable d'aquells malèvols éssers i cap dels cinc no s'havia parat a pensar que hauria sigut més pràctic emportar-se'l al seu cau i així no haurien de tornar després a arreplegar-lo. Aquell estúpid error de càlcul va significar la salvació per al jove i, quan aquells monstres immunds desaparegueren entre la boirina i les seues veus cavernoses ja no ressonaven en la rodalia, el xicon decidí deixar de ser una pinyata humana. Amb un hàbil moviment de mans, es despassà la cremallera de la dessuadora i, acte seguit, es va despenjar. La caiguda no va ser massa greu —perquè els ogres l'havien suspés d'un semàfor de vianants a només dos metres d'alçada—, però el bac sumà una mica més de dolor al dolor que aquells cinc monstres li havien propinat quan l'havien immobilitzat.

—Tall de bèsties! —va rondinar, després de xocar contra l'asfalt.

A rengló seguit, Cesc va arreplegar la dessuadora i la bossa del fem i, baldat, es va posar una altra volta en camí.

V

La profecia

Després de caminar un centenar de metres davall l'esmorteïda mirada dels fanals de l'avinguda, Cesc va distingir en la distància un camió del servei municipal de neteja que s'apartava d'un contenidor de rebuig i que deixava darrere seu una dèbil estela de llum intermitent i una indesitjable fragància pútrida. En veure aquell contenidor, el cor li va fer un tomb d'alegria i, d'immediat, s'hi apropà corrents amb la intenció de fer desaparéixer la bossa dels residus a l'interior. Va agafar el sac negre amb les dues mans i, com que la portella del receptacle de plàstic estava oberta de bat a bat, va deixar volar la seua imaginació i es va posar a radiar la seua atlètica maniobra:

—Empat al marcador, tres segons en el cronòmetre del pavelló de la Fonteta de Sant Lluís, Cesc rep la pilota i avança cap a la cistella botant l'esfèric, mentre finta tots els seus rivals com una autèntica gasela. Se'n va d'un, de dos, dribla per l'esquerra el gegantí defensor bielorús que li vol posar un tap, s'esmuny com una anguila, serveix la safata i... xof, dos punts! Sí senyor, un partit més, l'increïble Ivan Francèsquitx decanta la victòria a favor del seu equip!

Tot imitant Bojan Dubljevic «Dubi», el magnífic pivot montenegrí del València Basket, Cesc va simular una espectacular entrada a cistella i va deixar caure la bossa dins el contenidor amb un sonor retruny. Acte seguit, se'n va allunyar espolsant-se les mans, satisfet d'haver-se desfet d'una part dels seus problemes. Però, quan encara no havia arribat a fer ni cinc passes, de sobte...

Fffiiiiiiiiiiuuuuuuuuu!!!

La bossa de fem que acabava de tirar va eixir volant, escopida del contenidor, i es va estavellar amb força contra un dels cotxes que jeien aparcats a la vorera.

Pataplam!!!

Llavors, una veu disgustada va grunyir:

—Per tots els iogurts caducats! Qui gosa destorbar-nos!?

Acostumat ja a l'absurd de les circumstàncies, el xicon es plantà tremolós davant el receptacle de les escombraries amb l'ànim de disculpar-se.

—Eh... uh... jo... ho lamente molt, senyor contenidor, no sabia que...

—Grrrr! Per totes les rates cornudes i mosques verdes, plàtans renegrits i pizzes fermentades! Qui gosa destorbar-nos a aquestes hores!?

Cesc no pogué acabar d'enunciar la seua disculpa, en veure's interromput per aquell al·luvió d'imprecacions. A rengló seguit, el contenidor començà a maleir un per un els seus avantpassats i, just quan anava per la seua rebesiaia, diversos éssers estrafolaris van emergir a través de l'obertura del receptacle.

Cesc es va emportar un ensurt tan gran que va perdre el coneixement.

* * *

—S'ha mort?

—No, només s'ha desmaiat. Devem haver-li causat una gran impressió...

—És clar, és que som impressionants nosaltres!

Aquella fou la conversa que el xic escoltà quan per fi va recobrar els sentits. Seguidament, en obrir el ulls, els va veure de nou: tot al seu voltant s'amuntegaven desenes de donetes i homenets barbuts d'aparença extravagant.

—És *Ell*?

—Ha de ser *Ell*!

—No hi cap mena de dubte: és *Ell*! —els sentí murmurar.

—Com...? Què...? Qui sou vosaltres? —els preguntà Cesc, encara desorientat.

D'entre la turbamulta, un homenet que portava un ridícul vestit de tela de sac i lluïa una mena de corona de cartó al cap s'avançà amb pas solemne i, retorçant-se la barba blanquinosa, li va respondre:

—Soc el rei en Tòfol Trapatroles primer, fill del noble Arreu Matacucs tercer i net del venerable Xaruc Clapagrosses sisé, estirp de l'estirp dels primers patriarques. Encantat de saludar-te...

—Sou nans!???

—És clar que som nans! —li contestà, altiu, el seu interlocutor—. Som els últims supervivents del poble dels nans del fem i jo soc el seu orgullós sobirà a l'exili.

Cesc se'ls mirà bocabadat. Veritablement, com si s'hagueren escapat d'una rondalla, els éssers que tenia davant eren nans: nans de nassos enrogits, orelles puntegudes, panxes arredonides i barbes hiperbòliques. No obstant això, en la forma de vestir no s'assemblaven gens ni miqueta a cap nan que mai haguera pogut imaginar: anaven plens de runa de cap a peus, les seues ungles i dents recordaven a fòssils de l'era quaternària, els cabells de les seues barbes pareixien fregalls d'escurar acabats d'usar, i l'olor que desprenien era del tot nauseabunda. Tanmateix, el més cridaner de la seua estrafolària aparença era, sens dubte, la seua eclèctica indumentària: tots els nans, sense excepció, anaven vestits amb una barreja antiestètica de fulls de diari engroguits, bosses de plàstic estripades, pedaços de tela espentolats i trossos de cartó arrugats i llardosos. I, per acabar-ho d'adobar, sostenien entre les mans una mena de llances ridícules fetes amb pals de granera i fragments de botelles de vidres nugats als extrems. Tot plegat allò constituïa el quadre de fantasia èpica més deplorable que mai s'havia exposat.

—Digues, xicon —li demanà el monarca barbut—: qui ets i d'on has eixit?

Amb una mica d'esforç, el jove es va incorporar al temps que responia:

—Em diuen Cesc i he eixit de ma casa per tirar el fem, però es coneix que soc víctima d'un desajust dimensional i la simple tasca de desfer-me d'aquestes deixalles s'està convertint en una missió quasi impossible.

—Magnífic! —exclamà, emocionat, el sobirà.

—Meravellós! —exclamaren els seus súbdits.

—Magnífic? Meravellós? Què hi ha de magnífic i de meravellós en el fet d'estar perdut i no poder ni tirar el fem? Jo no li veig la gràcia! —s'enfadà Cesc—. Mireu, ho sent molt, però no puc perdre temps amb vosaltres; el que em passa és greu de veres. Ja fa estona que he eixit de casa i els meus pares deuen estar patint. Necessite trobar un oracle clarivident: una tal Kqua... No la deveu conéixer, no?

—Per casualitat la busques?

—Això crec. Jo no sé res d'ella, però una paperera que m'he trobat adés, una paperera que parlava, m'ha dit que l'he de trobar si vull tornar a casa. I això és justament el que vull fer...

—És *Ell*, busca la Gran Kqua! —mormolaren alguns d'aquells éssers, amb satisfacció, en sentir la seua resposta.

—Sí, *Ell* és l'humà que ens salvarà! —mormolaren, contents, uns altres.

—No hi ha cap mena de dubte: *Ell* és *l'Enviat*! —sentencià el monarca.

—Com!? —protestà Cesc—. Es pot saber quina classe de destrellats dieu!? Jo no soc cap *Enviat* i no he vingut per salvar ningú! Jo sols he baixat a tirar el fem, això és tot.

—Escolta'm, xicon, tot açò és ben senzill —li aclarí un vell nan barbablanc. I, alhora que li deia allò, aquell homenet amb traça de xaman arrugat li va mostrar un paperet esgrogueït, tot ple de diagrames, que recordava el manual d'instruccions d'una rentadora—: segons la sagrada profecia que va anunciar fa un segle el savi Sam Sung, tal nit com la de hui, un valent heroi vingut des de Les Columnes que Sostenen el Cel ens seria enviat als últims supervivents del poble dels nans del fem per a ajudar-nos a recuperar el nostre antic regne i els seus fabulosos tresors.

—Però jo...

—Tu busques la docta Kqua, no és així? —l'interrompé el vellet.

—Sí... bé... això crec. Però què hi té a veure ella, amb això de la profecia?

El bruixot, aleshores, continuà llegint-li el tríptic ple de caràcters orientals que sostenia reverencialment entre les mans.

—La profecia també diu que: «quan *l'Enviat* es presente als nans, ells el portaran davant l'Oracle Omniscient i, a canvi, l'humà els ajudarà a derrotar els seus enemics i a recuperar tot allò que legítimament els pertany».

—I no pot ser que hi haja un error? —insistí l'adolescent—. No pot ser que es tracte tot d'una simple casualitat?

—Tota profecia es basa en la causalitat de les casualitats —respongué l'ancià.

—Així és —confirmà el rei dels nans, convençut de la profunda saviesa que contenia aquell aforisme. I, a continuació, li va demanar amb aire inquisitorial—: també és fruit de la casualitat que tu hui dugueres açò damunt?

Llavors, el monarca li va posar davant els ulls un altre paperet rebregat i Cesc quedà del tot astorat en contemplar-lo: es tractava de la guia del videojoc! Devia haver-li caigut a terra —o tal volta els nans li l'havien tret de la butxaca— i el llibret estava casualment obert per l'última entrada que el jove havia estat fullejant: «*Com derrotar la bèstia*».

—Què, què me'n dius ara?

—Eh... Això és d'un joc de rol... Només és un tutorial que... —el xicon estava tan desconcertat que no era capaç d'argumentar res coherent.

—Açò és la prova irrefutable que els nostres destins estan vinculats —el va tallar, implacable, el sobirà—, açò demostra que tu tens la clau per a derrotar la Bèstia Grisa, la nostra ancestral enemiga!

Tot d'una, en Tòfol Trapatroles, l'estrambòtic líder dels nans femateres, es va capgirar cap a la seua comitiva i, amb to potent i autoritari, els interpel·là:

—Ràpid, equipeu-me per al combat: ha arribat l'hora d'afrontar el nostre destí!

Resultaria impossible descriure la quantitat de quincalla que aquell petit ésser barbut aconseguí reunir en pocs instants arran d'haver dictat aquella ordre: entre llaunes, safates de porexpan i envasos de plàstic —trets tots de la bossa de l'atònit xicon—

els seus súbdits li van fabricar, en un obrir i tancar d'ulls, una imponent cuirassa, un casc ben vistós amb crinera i un gran escut quadrangular.

—Un camí ple d'horrors i perills ens espera —continuava arengant el rei, mentre s'anava armant—. Que tots els guerrers disposats a deixar-se la pell lluitant em seguisquen, la glòria ens espera aquesta nit amb l'ajuda de *l'Enviat*!

Quan el monarca acabà de vestir-se i d'amollar aquell apassionat discurs, només quedaven prop seu el jove Cesc i dos nans que semblaven haver-se despistat; la resta havien partit escagarrinats just després haver sentit pronunciar les paraules *horrors* i *perills*.

VI

La gloriosa escomesa

Sense immutar-se gens ni miqueta per la massiva deserció que s'havia produït entre les seues tropes, el rei dels nans va ordenar marxar d'immediat cap al sud, seguint l'antic mapa de la profecia, a la recerca del pas ocult que conduïa als dominis enfangats de la sàvia i docta Kqua. Llavors, durant llarga estona, l'estranya comitiva, conformada pels tres camacurts i pel jove humà, va recórrer en silenci multitud de carrers i bulevards solitaris davall l'atent esguard dels fanals que rutilaven en la foscor. Cesc, endarrerit i preocupat, observava pensarós el paisatge més o menys familiar de la seua ciutat que, en aquelles hores nocturnes i embolcallat per la sinistra boirina persistent, se li antullava un indret completament divers: un paratge fantasmagòric, una urbs sumida en un inquietant malson. El xic s'havia fet l'ànim d'acompanyar els nans, però només fins que l'esperançador oracle li aclarira quina era la seua situació i quin paper tenia ell en tot aquell destarotat afer de la profecia.

De sobte, a tocar d'una cruïlla propera, un espetec rítmic quasi ensordidor els sobresaltà i va provocar que tots quatre pararen d'immediat la marxa. En sentir aquells batecs pesats, Mec i Nyec —els únics dos súbdits fidels que en Tòfol Trapatroles havia pogut conservar al seu costat— es van posar a tremolar tan frenèticament que els informes bocins de les seues armadures començaren a repicar com una carraca.

—Què carall és això? —s'inquietà Cesc.

—O-o-ogres de ca-cap-ra-ra-ra-pa-pat —li respongué Nyec, tartamudejant.

—Com!?

—Ogres de cap rapat —confirmà el seu germà—, els éssers més estúpids i repugnants que et pugues trobar: immundes bèsties clòniques sense trellat, monstres abominables tallats tots pel mateix patró i sempre disposats a fer maldat.

—Odien profundament els immigrants i també ens odien a nosaltres, els nans del fem —afegí el monarca.

—Em sembla que ja he tingut el dubtós plaer de conéixer-los... —comentà Cesc, palpant-se els blaus dels braços i els bonys del cap—. Tall d'animals!

—En efecte, són uns animalots sanguinaris i despietats —asseverà el rei—, i això que se sent és el bum-bum: la dansa monòtona propiciatòria de les seues ferotges caceres. Ara estem a punt de travessar el seu territori i hem d'anar amb peus de plom i amb els ulls ben oberts; si ens agafen, els complaurà infinitament apallissar-nos fins a l'exhauriment i després jugar a futbol amb els nostres caps.

De seguida, imaginant-se una altra volta capturat per aquelles abominacions descervellades i víctima de les seues brutals atrocitats, la por s'apoderà dels ànims del xicon i es mostrà visiblement afectat.

—Crec que no m'agrada la idea de passar prop d'ells, no em fa gens de gràcia tornar-me'ls a trobar. Adés m'han deixat bastant baldat i me n'he lliurat pels pèls. No hi ha cap alternativa millor? —va inquirir—. No podem intentar esquivar-los?

—Ho dubte —respongué el sobirà.

—Ho dubtem —va repetir la seua cort.

—Just a l'altra banda de l'amagatall dels ogres —aclarí en Tòfol— es troba l'entrada màgica cap als pantans pudents on té la seua llar l'Oracle Insidiós.

En dir allò, els quatre es van apropar al lloc d'on procedia el molest rebombori, fins que arribaren a un cantó ombrívol des del qual podien observar, sense ser vistos, l'entrada al cau d'aquells malèfics éssers.

El refugi dels ogres era una espècie d'antic magatzem enrunat que retronava bojament amb el salvatge bum-bum que brollava de diversos altaveus repartits pels quatre punts cardinals de la nau. Dins, dotzenes de subjectes d'aparença grollerament uniformada ballaven idènticament un foll ritme redundant i desfogaven la seua ràbia fent bots al voltant d'una enorme foguera. La calor i l'aldarull en aquell racó eren insuportables i resultava del tot impossible no suar a doll amb les bafarades del foc.

Davant la persiana alçada de la porta, mitja dotzena d'ogres malhumorats feien guàrdia proveïts amb grans pals de beisbol que feien colpejar nerviosament contra el palmell de les manotes gruixudes. Aquell era el primer obstacle que havien de superar i, per salvar-lo, l'astut Trapatroles, va ordenar imperativament al grup seguir una tàctica d'aproximació dispersa, que els permetria —segons els seus càlculs— sacrificar la supervivència individual en favor de l'indubtable triomf col·lectiu. En haver meditat la decisió, va encetar un altre dels seus destarifats discursos castrenses:

—Valerós exèrcit, agosarats soldats, la conjuntura que s'obri davant nostre és francament complicada. L'enemic és més fort i més gran i ens supera àmpliament en nombre i en recursos, però nosaltres tenim els astres al nostre favor i comptem amb la poderosa ajuda de *l'Enviat*. Després d'analitzar la situació, he decidit sobiranament que l'esquadra del capità Nyec i l'esquadra del capità Mec constituiran la nostra avantguarda i avançaran en formació de combat fins a eliminar la primera línia de resistència. A continuació, la rereguarda procedirà a travessar el territori enemic. Entesos?

—Entesos!

—Doncs, endavant, per la glòria i la memòria dels nostres avantpassats!

En escoltar les ordres reials, Mec va ser el primer que va girar el cantó a pas veloç i amb la llança en alt. No s'ho va pensar dues vegades i es va enfrontar als enemics valerosament, al temps que proferia el seu llegendari crit de guerra:

—Prepareu-vos, malvats i dolentots, que ara us unflaré a calbots!

Al cap d'alguns segons —i de manera no tan decidida—, Nyec es va incorporar també a l'assalt, després que el seu sobirà li propinara un estimulant puntelló al cul. Al contrari que el seu germà, quan va girar la cantonada, ell a penes tenia esma per a sostindre l'arma amb fermesa i les cames li feien figa i se li doblegaven a cada pas. Ni crit de guerra ni llança en alt ni pas veloç; el pobre nan estava completament acoquinat i no sabia ben bé si avançar cap als ogres o si desertar lluny d'allà.

Finalment, amb valentia o sense, els resultats de l'escomesa van ser lamentables igualment i l'astuta estratègia ordida pel monarca va resultar un autèntic desastre. Mec, amb molta voluntat i una mica de sort, arribà a envestir un dels ogres i li clavà la llança en una bota. L'ogre, però, ni es va immutar: el seu calçat duia un reforç d'acer a la puntera i no va ni notar la punxada. Això sí, de resultes d'aquell atac, el monstre es va enutjar de mala manera, va agafar la llança pel mig de l'asta i va revolar el pobre nan contra la façana del magatzem. Mec va quedar, tot d'una, estamordit del colp. A Nyec, tan bon punt el van veure aparéixer, quatre ogres se li van acostar enfurismats i ell no es va atrevir a envestir-los ni a dur a terme cap acció ofensiva: en tindre'ls damunt, es va escagarrinar de mala manera, amollà la llança i pegà a fugir cames ajudeu-me. Va córrer a tota virolla i va córrer justament cap al racó on s'arreceraven el jove Cesc i en Tòfol Trapatroles. Amb aquella atrotinada maniobra, sense voler, el nan va revelar la posició de la resta de la comitiva i aquella gloriosa incursió acabà finalment en derrota desastrosa: tots quatre van caure en mans de l'enemic.

VII

En mans de l'enemic

En recobrar els sentits després de la tremenda pallissa que havien rebut, els infortunats companys d'aventures es van adonar que es trobaven presos al centre d'una enorme nau industrial desastrada i pudent. De les parets penjaven desenes de banderes roges amb creus rebregades. La il·luminació, amb torxes, era més aviat escassa i tenebrosa. L'insuportable bum-bum, per sort, havia cessat. Els ogres de cap rapat —alguns quasi tan joves com el mateix Cesc— s'agitaven amb nerviosisme pertot i els observaven amb malícia criminal. Mig oculta en la penombra, una figura sinistra presidia aquella terrorífica reunió asseguda sobre un escó de fusta de grans dimensions.

El jove i els tres nans, encadenats de cap a peus, contemplaven el panorama adolorits i marejats: es trobaven penjant del sostre per les cames i ho veien tot capgirat. Els seus raptors no els havien tractat amb gens d'hospitalitat, però tots quatre eren ben conscients que el pitjor encara havia d'arribar...

—Què fem amb ells? —preguntà el cap dels ogres a la massa enfervorida.

—Tallem-los a trossets i donem-los menjar als gossos! —cridaren alguns.

—Apallissem-los fins a fer-ne compota! —bramaren uns altres.

—Ballem sobre els seus cossos!

—Gasegem-los i torrem-los a foc lent com fèiem en els vells temps! —suggerí, nostàlgic, un ogre ancià.

—En tirereta, tots afusellats!

—Pengem-los d'un fanal per les barbes! —deien els més imaginatius.

—Afonem-los en aigües residuals nugant-los una pedrota al coll!

—Matxuquem-los i juguem a futbol amb els seus caps!

En aquell moment, el gran cabdill, que seia entre penombres, va fer un gest amb el braç estés i tots els seus sequaços emmudiren sobtadament.

—Miserables! Us hem sorprés envaint el nostre territori i intentant profanar el nostre cau sagrat... com us declareu? —preguntà als presoners.

—Culpables —afirmaren *ipso facto* els tres nans.

—Què!? Com que culpables!? —protestà Cesc, escandalitzat—. Jo no soc culpable de res, jo només he baixat a tirar el fem!

—Silenci, escòria humana! Com goses contradir el nostre parer?

—És que és la pura veritat: nosaltres no hem fet res —insistí l'adolescent—. Sols preteníem travessar el carreró i això, que jo sàpia, no és cap delicte. A veure, digueu: de què se'ns acusa?

El cap dels ogres no havia considerat encara aquell aspecte fonamental del judici i quedà una bona estona pensarós...

—Se us acusa de... de...

El cabdill es va gratar el cap i, d'immediat, va congregar els seus consellers i els va fer una escolteta a cau d'orella. Al cap d'uns quants minuts, entre tots, van deliberar una resposta adequada:

—Se us acusa de ser diferents! —sentencià el líder, amb recobrada autoritat.

—De ser diferents!? Tots som diferents i això tampoc no és cap delicte! Vosaltres també sou diferents entre vosaltres: uns sou més alts; d'altres, més baixets; uns dueu arracades; d'altres, penjolls; uns teniu el nas tort, i d'altres, les orelles caigudes...

—És cert: tots som diferents —se sentí mormolar entre la multitud.

—Vosaltres... vosaltres... sou més diferents que la resta! —escridassà, indignat, el gran ogre—. Vosaltres sou espècimens d'una raça inferior; amb eixes pintes, amb eixe color de pell, amb eixa manera de parlar, no teniu dret d'existir!

—Però...

Cesc va quedar sense paraules: aquella acusació era del tot irracional.

—Silenci, excrement humà! El judici s'ha acabat i us sentencie a una mort horrenda i despietada. I mentre decidisc quin serà el final més apropiat per a la vostra patètica existència, us tancarem al calabós més immund de la nostra fortalesa.

Dit i fet, un grapat d'ogres feren baixar els quatre presoners i els arrossegaren furibundament a través dels passadissos interns del magatzem fins que els reballaren dins una cel·la humida i fosca de minúscules dimensions. Llavors, els monstres partiren de nou, mentre comentaven entre riotes quina mena de pèrfids martiris preferien per als reus.

—Estem fotuts, molt fotuts! —rebufà Sa Majestat.

—Estem refotuts, refotudíssims! —rebufaren els seus súbdits.

—En lloc de queixar-vos i de rebufar tant, hauríem de pensar la forma d'eixir d'ací. No trobeu? —proposà Cesc, visiblement alterat—. Hem d'aconseguir fugir, abans que aquell cabdill sanguinari decidisca quina tortura tria per a nosaltres!

—Tens raó —admeté el monarca.

—Encara més, tens tota la raó —precisaren els altres dos nans.

Llavors, tots quatre es posaren a cavil·lar en silenci, mentre el temps transcorria desesperadament i aproximava cada volta més l'hora del seu suplici.

VIII

Un insurrecte insecte infecte

Els caps del xicon i dels tres nans pràcticament treien fum dins el calabós quan a Nyec se li va acudir una temptativa absurda que potser els acabaria salvant. Sense dir-los res, l'adolorit nan començà de sobte a fer contorsions i moviments entortolligats i es posà a furgar entre els plecs de les butxaques fins que, amb aires triomfals, en tragué una xicoteta panderola més morta que viva.

—Eureka! —exclamà tot satisfet.

—Ecs, què és això: una panderola? —l'interrogà Cesc, fent cara d'ois.

—Exacte, és una panderola —respongué el nan—, un magnífic exemplar de blatodeu adult de l'espècie *Periplaneta Americana*. Concretament, una femella...

—I què penses fer amb la panderola? No pensaràs menjar-te-la, no?

—No, que va, ni per totes les pomes podrides de l'univers! Aquesta bestiola és Cuca, la meua mascota invertebrada: ella em fa companyia i moixaines i jo, a canvi, l'alimente amb les restes del meu menjar. Ara ens ajudarà a fugir...

—Ah, sí? I com se suposa que s'ho farà: rosegant les cadenes i els barrots?

—Podria, però tardaria dies a fer-ho. És una panderola molt llesta i és capaç de proeses del tot sorprenents; va viure algun temps en un parc de bombers i hi va aprendre molt. Però em pense que està un poc famolenca i dèbil, i així no podrà servir-nos de massa ajuda. Si tinguérem alguna cosa per a omplir-li l'estómac...

—Això servirà? —preguntà Cesc, meravellat, assenyalant amb la mirada la seua bossa de fem mig desfeta, abandonada en un racó de la cel·la.

—Això és magnífic, és just el que necessitàvem! —es va emocionar el nan—. Vinga, Cuca, hora de sopar: no et deixes ni una molleta!

Com per art de màgia, la panderola va reviscolar d'immediat: hissà les antenes amb excitació i, traent forces amagades, s'abocà d'un bot sobre les deixalles del jove. Llavors, el sac començà a tremolar enfurismadament i a bellugar-se pel terra a grans sacsades.

Després d'haver-se cruspit tot el rebuig orgànic que contenia aquell malaurat recipient de plàstic, la panderola reaparegué el doble de grossa i eixerida que abans. A rengló seguit, Nyec s'estirà al seu costat i tots dos, criador i mascota, van encetar

una conversa inintel·ligible en un idioma molt estrident. El nan li donava instruccions per al rescat i la bestioleta se l'escoltava parant-hi gran atenció. En finalitzar aquell estrany diàleg, la superpanderola va abandonar la cel·la, escolant-se per davall la porta, mentre en Tòfol, Mec i Cesc la veien desaparéixer embadalits.

—No patiu —els va dir Nyec, en to presumptuós—, la meua sòcia és molt però que molt intel·ligent, més que alguns nans que conec, i us assegure que ens traurà d'aquest embolic en un tres i no res.

—Que els fats t'escolten, benvolgut Nyec —li replicà en Tòfol Trapatroles—. Si tens raó i eixe insecte teu ens trau d'aquest clot infecte, et nomenaré duc d'un bon tros del meu reialme.

—Ja veureu, Majestat, com tot s'apanyarà...

—Esperem que funcione!

Nyec tenia raó: la seua Cuca era de veres una panderola molt singular que, durant els seus anys d'ocupa al local dels serveis d'extinció d'incendis, s'havia especialitzat a acompanyar els bombers en les missions de rescat més arriscades. Contràriament al seu amo, a ella no li feia por res i era veritablement intrèpida; la més valenta de les seues quatre-centes vint-i-set germanes. Havia superat mil i una voltes la prova del Baygon i era més ràpida que qualsevol granera de la ciutat.

En eixir del calabós, l'insecte es va adreçar, a tota velocitat, cap a la garita de guàrdia que hi havia al final del corredor de les masmorres. La cambra estava ocupada per un ogre assegut, parapetat darrere una gran taula de fusta. Per tal d'esbrinar si dormia o si vetlava, Cuca va haver d'enlairar-se i fer un bot vertical. Aquell arriscat vol podia posar-la en evidència si el vigia estava despert, però —per sort— aquell monstre gegantí dormitava plàcidament amb els braços encreuats sobre la taula i el cap recolzat entremig...

Vist i no vist, amb un altre petit salt d'inspecció, la panderola localitzà les claus dels cadenats i de la cel·la penjades d'un ganxo de la paret i, tot d'una, s'encaminà a agafar-les. El seu llarg entrenament en escalada vertical no resultà debades i va ser només qüestió d'instants que l'animaló pujara el mur fent ziga-zaga, assolira la posició del ganxo i es ficara l'anella del clauer entre les dents. El vigilant estava tan adormissat que no es va adonar de res i ella va estar temptada de donar-li un bon esglai, revolant-li sorollosament prop de l'orella. Però el seu sentit del deure li va llevar la idea del pensament i, al cap de ben poca estona, es trobava de bell nou al corredor, arrossegant-se xino-xano cap a la cel·la on l'esperaven els seus amics.

Quan els quatre presoners van sentir la dringadissa de les claus a l'altre costat de la portella i van veure reaparéixer Cuca a l'interior del calabós, l'alegria els va envair de tal manera que allò semblava una reunió de quincallaires, amb tant de soroll com feien remenant les cadenes.

—Visca, Cuca, ho has aconseguit! —exclamà Nyec, saltironant d'emoció.

—Caram! Qui m'havia de dir que aquesta insignificant bestiola ho aconseguiria? Molt bé, panderola, et nomene capitana de les meues forces d'infiltració —va anunciar el rei—. I tu, benvolgut

Nyec, ves preparant-te, perquè ara iací t'atorgue el títol nobiliari de Gran Duc del Tros Indefinit.

—Gràcies, Altesa, és un honor per a mi rebre tan insigne distinció.

—Enhorabona, germà! —es congratulà Mec—. Ja sabia jo que algun dia obtindries el reconeixement que et mereixies.

—Per a tu també hi ha una merescuda recompensa, valerós i estimat Mec —afegí en Tòfol amb solemnitat—: a tu et nomene Punxaogres major del regne i general en cap dels meus exèrcits.

—Gràcies, Majestat, li estic summament agraït.

A Cesc totes aquelles mostres d'efusió li pareixien ridícules i fora de lloc. Ell havia sigut el primer a deslliurar-se de les cadenes, havia recollit la bossa de fem i ja s'apressava a despassar a correcuita el forrellat de la cel·la, alhora que bonegava els seus companys perquè s'afanyaren també:

—Vinga, feu el favor de no perdre el temps amb favades o ens tornaran a enxampar!

—Tornes a tindre raó!

—Encara més, tornes a tindre tota la raó!

Comptat i debatut, els tres nans es van llevar els cadenats i van eixir de la cel·la tractant de no armar més xivarri. Però havien fet tanta escama uns quants minuts abans celebrant l'alliberament, que havien despertat l'ogre guardià i aquest els va sorprendre *in fraganti* en plena fugida pel corredor.

—On us penseu que aneu, desgraciats!? —vociferava el monstre, mentre se'ls apropava amenaçador—. Miserables xaparros, aquesta nit soparé puré de nan!

Aleshores, furiosa i rabent, Cuca es va enlairar al bell mig del passadís, situant-se entre el guàrdia i els fugitius, i va emetre un poderós ultragrinyol que va atordir l'ogre per uns instants.

—Què fa ara? —va preguntar el xicon, en contemplar l'escena.

—Ràpid, diu que peguem a córrer i que no mirem enrere, que ella ens cobrirà la retirada encara que això li coste la vida! —contestà Nyec, consternat pel sacrifici de la seua fidel mascota.

Cesc no va poder evitar mirar enrere mentre emprenia la fugida i l'últim que va veure, abans de perdre de vista el corredor, va ser que la panderola emprenia un vol kamikaze cap a l'ogre i s'estavellava brutalment contra els seus ulls.

—Pobra criatura... —va murmurar el xicon.

IX

L'entrada al Llac Fangós

L'heroic sacrifici de Cuca els permeté aconseguir el seu propòsit i els quatre reclusos van poder assolir l'eixida subterrània de la lladronera del caps rapats sense massa complicacions. Estaven ferits i plens de blaüres, això sí; però sans i estalvis, al capdavall. El xic i els nans havien escapat per la part de darrere del magatzem i s'havien lliurat del turment dels ogres gràcies als esforços d'un minúscul insecte infecte i al bon ús que havia fet de les restes orgàniques que Cesc arrossegava amunt i avall des del començament de la nit.

Algun temps més tard, quan el cabdill suprem dels ogres va anar a comunicar-los en persona la seua sentència d'esquarterament i no els trobà dins la cel·la, cridà tan fort que el seu udol va fer retronar els ciments de tota la ciutat. Colèric i encés de ràbia, el líder ordenà als seus sequaços que els perseguiren, que els buscaren fins i tot davall les pedres, i que no tornaren a presentar-se davant seu sense dur-li les pells escorxades d'aquells quatre fugitius per a fer-se'n una catifa de dormitori.

Els fugitius, però, es trobaven ben lluny d'allà i ja es preparaven per afrontar un nou repte: una llarga travessia pels imbricats passadissos de la xarxa urbana de sanejament. Al cap de poc d'haver fugit, seguint l'antic mapa de la profecia, la comitiva havia arribat davant una trapa d'albelló tota recoberta de símbols rúnics fluorescents. Llavors, el rei dels camacurts s'havia plantat davant aquella claveguera que servia d'entrada màgica al dominis de la misteriosa Kqua i havia pronunciat, solemnement, l'ancestral fórmula secreta d'obertura:

Tot pany té una clau
i tot enigma té una solució.
Obri't, porta: en son de pau,
volem entrar al Llac Fangós!

Amb un colp sec, la trapa metàl·lica del claveguerό, encerclada per una mística resplendor luminescent, es retirà de sobte i va descobrir un orifici nauseabund coronat per unes escales desconjuntades que feien vindre un vertigen esborronador només d'albirar-les.

—Bfff! —protestà Cesc—. Se suposa que hem d'entrar ací dins?

—No se suposa: si vols trobar l'Oracle, hem d'entrar-hi sí o sí —li respongué, secament, en Tòfol Trapatroles.

—No hi ha cap alternativa millor, no?

—Cap ni una.

Després d'aquest breu i frustrant diàleg, els quatre aventurers es van immergir en aquella fosca cavitat carregada d'essències pestilents i, peuada a peuada, es van anar endinsant en els dominis del Llac Fangós. Durant el trajecte, avançaven atents en tot moment a qualsevol possible amenaça i caminaven ensorrats en un silenci sepulcral que només es veia sobtat pel clapoteig incessant de les seues peuades sobre els reguerols d'aigua purulenta i pel crit difuminat d'algunes bestioletes furtives que corrien a amagar-se al seu pas. Les quatre siluetes menudes resseguien els corredors laberíntics dels claveguerams encapçalats pel general Mec Punxaogres que, gràcies a la seua formidable capacitat d'orientació —i a un curset d'espeleologia per correspondència—, coneixia a la perfecció cada pam dels tortuosos conductes fecals que minaven el subsol de la ciutat. I així, envoltats per l'alé pudent de les profunditats, els membres de la comitiva van recórrer en filera índia les entranyes de la metròpoli cap al sud, marxant llarga estona sense treva ni descans.

Ni per un moment, els nans es mostraren destorbats per la insalubritat de l'indret ni pels perills ocults que aquell lloc poguera amagar. Més aviat al contrari: podia dir-se, veient-los somriure com somreien, que allí dins nadaven en la seua salsa. Cesc, però, sí que es ressentia de la fetor i de la humitat i havia de parar sovint per a ajuntar noves forces i poder prosseguir. A la fi, cansat ja de tant de camejar i saturat de tanta fortor, s'impacientà:

—Falta molt per a arribar-hi?

—No, molt no... —li respongueren els seus acompanyants.

—*Molt no* quant és exactament? —va insistir.

—Entre cinc i mil cantons més.

Al xic li va quedar clar aleshores que cap dels seus guies no sabia comptar i va decidir no tornar a preguntar més. L'adolescent estava empudegat i se sentia d'allò més fatigat; no entenia res del que li passava des que havia començat aquella estranya aventura i, resignat, es deixava emportar per aquells éssers menuts que el prenien erròniament per *l'Enviat* escollit, protagonista d'una absurda profecia: una porqueria de profecia. Els nans li asseguraven, convençuts, que ell tenia la clau per a salvar el seu antic regne i derrotar la malvada bèstia que s'havia apropiat feia un segle de les seues terres i riqueses, però el jove era incapaç d'imaginar-se com podria dur a terme aquella destrellatada missió heroica. Se suposava que havia de seguir les instruccions de la guia d'un videojoc de rol que havia estat jugant durant el cap de setmana, unes instruccions que indicaven com derrotar el fantasma d'una poderosa reina drac en un món de fantasia èpica i que eren vàlides per a un joc d'ordinador; no per a afrontar cap amenaça real. Encara que *real* potser tampoc no era l'adjectiu més encertat per a qualificar la situació tan surrealista en què es trobava immers des que havia baixat a tirar el fem.

Poc després d'haver mantingut l'última conversa, l'avalot d'una forta caiguda d'aigua ressonant pertot alterà els ànims del comboi i tots pressentiren que havien arribat a la seua destinació. A uns quants metres per davant, el túnel que seguien desembocava en un ampli corredor atapeït de milers i milers de despulles de tovalloletes higièniques humides escampades sobre tolls d'aigua impura. Al final del passadís, dues rates gegants feien guàrdia davant una reixa i la custodiaven interposant-hi unes llargues alabardes entrecreuades. Tan bon punt els van veure comparéixer, les fornides sentinelles els van interpel·lar:

—Què feu ací, forasters? Qui sou i per què voleu visitar La Dama?

Després d'una paperera, tres nans, un exèrcit d'ogres i una panderola, a Cesc ja no li estranyà que un parell de rates descomunals també parlaren.

A continuació, el rei dels nans, amb pas ferm i veu greu, s'avançà i respongué a la pregunta d'aquelles peludes guardianes:

—Soc en Tòfol Trapatroles, sobirà dels nans fematers, fill del noble Arreu Matacucs i net del venerable Xaruc Clapagrosses, estirp de l'estirp dels primers patriarques. I aquests són els meus súbdits: en Nyec primer, gran duc del Tros Indeterminat, i en Mec Punxaogres, general en cap dels meus exèrcits.

—I l'humà qui és? —indagaren les rates.

—Ell és Cesc de Les Columnes que Sostenen el Cel. Venim a consultar la Dama del Llac Fangós per esbrinar si realment és *l'Enviat* que salvarà el nostre poble, posarà fi al nostre exili i ens ajudarà a recuperar el nostre regne perdut.

—D'acord, heu aconseguit creuar el laberint pudent i teniu dret a consultar l'Oracle. Manteniu enfundades les vostres armes i passeu endavant sense temor. Però, encara que accediu al cau en grup, les normes estableixen que només està permés formular una única qüestió per visita.

—Que així siga —acceptà el monarca, alhora que les rates desencreuaven les llances i els deixaven passar.

X

La Gran Dama Groga

Després de travessar el reixat on feien guàrdia les dues ratotes musculades, els quatre exploradors arribaren fins a una gran cambra octogonal, a la qual anaven a desaiguar altres set conductes similars al que ells ocupaven: un per cada un dels punts cardinals. De tres d'aquells túnels queien en cascada litres i litres d'un líquid espés i brut que cobria tot el terra de l'estança i la convertien en un gran estany residual. La pàl·lida llum que es filtrava des de l'exterior, pels barrots d'un parell d'embornals, hi dibuixava una enigmàtica atmosfera de difusa tenebra. Al bell mig de les aigües, surava fatigosament un barril metàl·lic mig badat i oxidat. Aquella bassa de porqueria era el temple de L'Oracle Insidiós.

—Ara entenc per què aquest lloc s'anomena el Llac Fangós... —comentà el xicon, amb un punt de sarcasme, veient les sabatilles totes cobertes de llim i de ronya i els baixos dels camals del xandall tots banyats i mostosos.

De sobte, se sentí un sorollós xipolleig i, d'entre el llepó viscós que cobria el llac, sorgiren tres ombrívoles figures amfíbies que es posaren gràcilment sobre el bidó.

—Kqua... —va xiuxiuejar Cesc, esbalaït.

Els seus ulletts verds eren els primers ulls humans que contemplaven aquella extraordinària i estrafolària criatura i, absorts com estaven, no acabaven de donar crèdit al que veien: damunt aquella escullera rovellada, reposava alegrement sobre les anques posteriors una enorme granota groga de mig mentre d'alçada que anava abillada amb unes modernes ulleres de sol i una ampla pamela de llata. A cada costat, dos descomunals gripaus bonyeguts la custodiaven.

—La reverenda Kqua està a punt de parlar —anunciaren roncament els dos heralds, creant-hi una gran expectació.

El jove i els camacurts es miraren mútuament amb neguit.

—Benvinguts sigueu a la meua humil morada. Soc la Gran Kqua, guardiana de la docta incultura i coneixedora dels confins esvarosos —els saludà, riallera, la granota—. Què voleu de mi?

En Tòfol s'avançà i, agenollant-se fastuós, parlà en primer lloc:

—Oh, Excel·lentíssima Dama del Llac Fangós, oh, Il·lustríssima Santedat, us presente els meus respectes. Soc en Tòfol primer, monarca dels nans fematers, fill d'Arreu tercer i net de Xaruc sisé, pare i patriarca dels meus avantpassats exiliats. Aquesta nit hem trobat un xicon perdut, aquest jove que ens acompanya, i creiem que ens ha sigut enviat pels fats des de Les Columnes que Sostenen el Cel perquè puguem acomplir l'ancestral profecia del nostre poble. Hem vingut des de molt lluny, arriscant les nostres vides, perquè ens reveles el nostre destí. Digues, oh sàvia pitonissa: què ens cal fer per a recuperar la nostra terra usurpada?

—Us conec, Honorable Majestat, i em sent honrada de tindre-vos davant la meua presència. Vós mateix heu apuntat la solució: el xiquet és la clau de tot l'entramat. Ell ha experimentat un misteriós encreuament dels paràmetres de la normalitat i s'ha endinsat a contracor en un espai d'il·lògiques realitats paral·leles amb un propòsit molt determinat; només ell pot ajudar-vos a dur a bon terme la vostra arriscada empresa.

—Però, com? Com puc fer-ho? —protestà Cesc, interrompent-los—. De quin propòsit em parles? No comprenc res del que m'està passant. Tot açò sembla un embolic sense cap ni peus!

—Oh, no et calfes el cap, xiquet. Aparentment, res no té sentit ara com ara. De fet, tot és un enrevessat contrasentit. Però, a poc a poc, la cosa anirà aclarint-se. No et preocupes, entre tots t'ajudarem a resoldre els teus dubtes.

—De veres pots ajudar-me?

—I tant, no oblides que soc un oracle infal·lible! —respongué la granota amb supèrbia—. Veuràs: al meu cau arriben aigües infestes de tots els punts de la rosa dels vents i, durant lustres, les he estudiades i he adquirit un vast coneixement del meu entorn, de manera que soc capaç de llegir l'adveniment del futur en els residus.

—En els residus? —s'admirà el jove.

—Així és, puc endevinar el futur emprant la copromància —prosseguí ella—. De la mateixa manera que els astròlegs observen l'orientació dels cossos celestials i la seua posició al cosmos per escrutar el desconegut, jo observe l'interior, allò més profund: els excrements i les deixalles on també els fats han gravat el nostre averany. La meua docta especialitat s'ocupa del pol oposat de les Ciències Ocultes: en lloc del *Més Enllà*, jo escrute el *Més Ací*.

—El *Més Ací*? —s'estranyaren els nans.

A Cesc la idea que el seu destí estiguera escrit a la caca que fluïa en aquell estany li semblava una teoria del tot irrisòria —fruit de la més absurda demència—, però no gosà fer-ne cap comentari per por de ser bonegat. I, com que la granota afirmava els seus arguments amb absoluta seriositat, ell només es limità a aparentar interés per aquella escatològica erudició:

—Llavors, em diràs com solucionar el meu problema? Una paperera parlant que m'he trobat adés en un carreró m'ha dit que tu ets l'única que pot ajudar-me.

—Per descomptat que t'ajudaré! Però, com bé saps, ningú no ofereix res a canvi de no-res. La Copromància encara no és una disciplina subvencionada pel Ministeri d'Educació i Ciència i jo he d'amortitzar d'alguna manera el gran esforç realitzat durant les meues llargues jornades d'investigació. Els intel·lectuals també tenim dret a viure còmodament; al cap i la fi, nosaltres treballem pel benestar comú...

En haver acabat de demanar aquella almoina, els gripaus que flanquejaven la mística endevinadora van començar a fer saltirons desenfrenats i a repetir acaloradament algunes paraules soltes del discurs de la seua mentora:

—Univers! Compendi! Desconegut!!

—Sàvia! Docta! Copromàntica!

Kqua, mentrestant, amb espetecs ràpids i secs produïts amb la llengua, paladejava llépola els mosquits i les mosques que brunzien sobre el seu aiguamoll.

Els rostres de l'adolescent i dels seus companys restaven afligits: no podien pagar els seus serveis, perquè no duien res de valor damunt. Però, aleshores, Cesc va tindre una inspirada revelació i, quasi d'esma, va deslligar la seua polivalent bossa de deixalles i l'oferí oberta cap a l'oracle.

—Pren, agafa el que vulgues, tots ho fan aquesta nit —li digué el xicon—. Espere que hi trobaràs alguna cosa que et puga complaure...

D'un bot, la granota gegant es plantà davant el jove i, després de furgar a consciència entre els residus, n'extragué una vella corbata esfilagarsada de son pare i se l'endugué cap al seu púlpit flotant. Acte seguit, en haver-se adornat amb aquella cridanera penyora, sentencià:

—Els teus residus parlen clarament del teu destí, estimat jove: no podràs tornar a casa fins que no aconseguisques desfer-te del fem. I, per a fer-ho, hauràs d'arribar fins a Turons Ruïnosos, el sagrat cementeri de les deixalles, que en temps remots fou la llar dels nans fematers. Per a entrar-hi, caldrà que respongues correctament a l'enigma que et plantejaran els ancestrals protectors de les portes del regne i, si ho fas, podràs continuar endavant...

—Això és tot? Només he d'arribar allà i resoldre un enigma, i llavors podré tornar? Em pots donar una pista sobre la solució? Encara que siga una pisteta xicoteta...

Després de tot el que li havia passat i de tots els perills que havia sortejat aquella nit, a Cesc li pareixia senzill això d'haver de respondre a una simple qüestió.

—Hum! —va grunyir la Dama Groga—. Em sembla que no m'has entés: jo només he dit que podràs passar endavant, no que ja haurà acabat el teu viatge! Potser no m'he explicat bé: Turons Ruïnosos no és un lloc qualsevol, és una terra plena d'horrors que els nans es van veure obligats a abandonar fa ja molts anys. Per començar, si no respons correctament a l'endevinalla que et plantejaran els guardians, et convertiràs per sempre en una estàtua de vidre. Després, en cas que encertes la resposta a l'enigma, encara us esperaran la Bèstia Grisa i els seus malèvols esbirros: ells són els autèntics amos de Turons Ruïnosos i nos us deixaran passejar pel seu territori com si fóreu turistes.

—La Bèstia Grisa! —repetiren els nans, amb reverència.

—Així és. La Bèstia Grisa és l'ésser més vil i poderós que ha campat mai per les terres d'aquest món: la seua màgia és invencible; la seua pell, impenetrable; la seua força, descomunal; i la seua ambició, desmesurada —els tres petits companys de Cesc es van posar a tremolar de cap a peus en sentir-ne aquella descripció—. A més a més, un exèrcit d'esclaus fastigosos i despietats l'ajuden a dur a terme les seues execrables maldats. Els nans esperen alliberar el seu regne d'aquesta terrible amenaça amb la teua ajuda, perquè tu no podràs tirar el fem si no derrotes la Bèstia, però no està encara escrit si finalment aconseguiràs véncer-la o no: els teus residus no deixen gens clar aquest aspecte del teu futur.

—El jove duia amb ell un pergamí on es detalla com derrotar la Bèstia —va comentar el monarca dels camacurts. I, dient allò, va mostrar a l'endevinadora la guia del videojoc que havien trobat a la butxaca del xicon.

—Això prova que, efectivament, ell és *l'Enviat* i que el vostre encontre no ha sigut casual en absolut. Ara bé, ignore la procedència d'eixe escrit, a primera vista no destil·la cap màgia i desconec si els consells que detalla poden arribar a resultar-vos realment útils.

—És només la guia d'un videojoc —es va afanyar a puntualitzar Cesc—, el tutorial d'un joc de rol ambientat en un món de fantasia medieval que no té cap paregut amb res del que m'ha passat o del que m'he trobat aquesta nit. Dubte que continga cap truc per a véncer la Bèstia dels Turons Ruïnosos.

—Potser sí, o potser no —valorà l'oracle, amb ambigüitat—. Siga com siga, jo no descartaria que hi tinguera algun tipus de vinculació.

—I, dic jo, no puc tirar el fem ací mateix i tornar-me'n per on he vingut? —va suggerir l'adolescent, amb més por que picardia—. Una mica de brutícia més o una mica de brutícia menys al teu llac tampoc no hauria d'importar-te massa...

—Absolutament no! T'ho he dit abans: les teues deixalles t'envien de manera indubtable cap a Turons Ruïnosos. Els fats t'han reservat un destí molt especial i eixe destí passa perquè ara prengues el conducte del sud-est sense demora...

—El conducte del sud-est —raucaren els gripaus—, sense demora!

—I per cert, xiquet —afegí la docta Kqua, amb un to tètricament profètic—, m'he adonat que portes la teua bossa de deixalles mig buida: si al final del teu viatge no hi dus res dins, no podràs tornar a casa mai.

Sense més, l'extravagant granota i els seus dos heralds van desaparéixer davall l'escuma del bassal amb un sorollós xof i van deixar els visitants amb la paraula en la boca. A rengló seguit, l'estança començà a buidar-se lentament de líquids i, al cap d'uns pocs minuts, el pas cap al conducte del sud-est quedà lliure. Aleshores, el xicon i els seus forçosos amics, més espantats que mai, el van agafar i penetraren novament en els tenebrosos budells de la xarxa de sanejament de la ciutat.

XI

Els temps de l'antic reialme

El conducte del sud-est quasi no presentava bifurcacions i era el més recte dels huit que desembocaven al Llac Fangós de la Gran Kqua, però sens dubte també era el més immund. Trepitjant les restes de llot i sutge que s'amuntegaven pertot arreu, a Cesc li entrava un ois tan fort que, amb gran esforç, a penes podia aguantar-se les ganes de vomitar. El xic duia la dessuadora, les esportives i els camals del xandall completament humits i tacats d'una substància viscosa i fètida de color verdós que recordava l'olor del peix podrit multiplicada per mil. Aquell tarquim omnipresent no només cobria el terra —convertint-lo en una pista improvisada de patinatge—, sinó que també degotejava del sostre i regalimava per les parets, tot reflectint de manera sinistra l'escassa llum que arribava de l'exterior a través dels desguassos del carrer. Aquell trajecte era un turment: les mosques i els mosquits no el deixaven en pau i les bafarades d'efluvis tòxics li feien vindre basques a cada instant. Mentre caminava entre nàusees, l'adolescent va pensar que, quan tornara a casa —si aconseguia mai tornar-hi—, sa mare el renyaria tan escandalosament per arribar així de brut, que la sentiria tot el veïnat; fins i tot la senyora Mercé del tercer segona, que era una mica curta d'orella. La por de ser bonegat, però, se li va passar de seguida; quan explicara als pares tot el que havia viscut aquella nit, no tindrien ganes de bonegar-lo: l'enviarien directament a la consulta del psicòleg. De tota manera, allò tampoc no era el que més l'amoïnava: resseguint aquella senda infecta, Cesc havia arribat a la conclusió que, si aquell era el camí cap al seu destí, el seu destí era una caca. Inspirat per aquest descoratjador pensament, el jove va decidir interrogar el rei dels nans sobre els orígens del merder en què estava ficat:

—Disculpeu-me, Majestat —digué amb la màxima educació—. Ja que està vist que soc *l'Enviat* que ha d'alliberar el vostre regne de la malvada Bèstia Grisa i que no em queda més remei que acompanyar-vos cap a Turons Ruïnosos, m'agradaria saber: com vau perdre el vostre regne?

En Tòfol, llavors, satisfet per l'interés que l'humà mostrava per la història del seu poble, li va relatar el trist episodi de l'enfonsament del seu reialme:

—Tot va passar fa més de cent anys —començà a narrar—, en temps del rei en Bròfec segon, anomenat el Pesamúrgoles. Turons Ruïnosos era aleshores un país muntanyenc menut i pròsper de nans pacífics que es dedicaven a reciclar el fem sense destorbar ningú. Els regnats s'havien anat succeint durant centúries sense massa incidències i el meu besiaio, com tots els seus predecessors, regia els destins del nostre poble amb gran saviesa. Al seus dominis, tothom es coneixia i la institució reial tenia un caràcter més representatiu i consultiu que no legislatiu. En Bròfec, de fet, passava més hores al seu hortet cultivant fongs que al palau reial. I d'ací li venia el malnom: la múrgola era el seu bolet preferit. Però, fora d'aquell plàcid hortet seu, els temps estaven canviant i, des del començament de segle, les fronteres del regne s'havien anat expandint més i més a mesura que els residus procedents de Les Columnes que Sostenen el Cel es multiplicaven a ritme vertiginós. Paral·lelament a aquest inesperat creixement del territori, la feina per als nans encarregats de reciclar tots aquells fems també va augmentar; fins al punt que els treballadors havien de fer jornades de fins a dotze hores seguides per tal de donar a l'abast. I, és clar, prompte esclataren les protestes: els recicladors es manifestaven pels turons i organitzaven vagues per a reivindicar els seus drets: reclamaven unes condicions dignes, amb menys hores de treball i més temps d'oci. El regne va patir llavors una profunda divisió: d'una banda, hi havia els partidaris de garantir els drets socials i, d'altra banda, els partidaris de continuar explotant els treballadors. Els primers volien canviar el sistema de govern i pretenien instaurar l'anomenada *nanocràcia*: deien que els fems i els beneficis que generaven eren de tots els habitants del regne i que entre tots, per sufragi, s'havia de decidir el destí col·lectiu i redactar una constitució on s'establiren uns horaris i unes lleis que foren justes per a tothom. Els segons s'havien enriquit molt amb l'expansió del regne i amb l'augment de les deixalles, eren partidaris de contractar mercenaris humans a fi de reprimir les protestes per la força i pretenien establir dures penes per als qui no acataren els seus designis: volien una dictadura. El meu besiaio, el rei, en tindre notícia de les primeres revoltes, es va mostrar a favor de les reformes *nanocràtiques* i va manifestar públicament que era una vergonya que, en un país tan menut i tranquil on tothom es coneixia, uns pocs visqueren a costa del treball dels altres molts. Per desgràcia, al cap de poc temps de fer aquestes declaracions, va morir en estranyes circumstàncies en confondre per error un plat de farineres bordes extremadament tòxiques amb un de deliciosos cama-secs. En realitat, en Bròfec va ser vilment enverinat. En el seu testament havia deixat escrit que volia que tots els nans majors d'edat votaren *nanocràticament* el seu successor entre dos candidats possibles: el meu iaio, en Xaruc Clapagrosses, partidari de la *nanocràcia*, i el líder patronal, en Fredolic Peutort, partidari de la dictadura. Aquelles primeres eleccions, les va guanyar el pare de mon pare per una àmplia majoria i, coronat com a Xaruc sisé, de seguida emprengué les mesures necessàries per a establir-hi un govern constitucional. El problema va vindre quan en Fredolic i els seus no van voler acatar la voluntat ciutadana i van donar un colp d'estat amb l'ajuda dels nans més rics del regne i d'una misteriosa aliada anomenada la Reina Grisa. L'usurpador i el seu exèrcit de mercenaris van provocar una guerra civil, que va comportar un gran sofriment per al nostre poble. Finalment, el seu bàndol va resultar vencedor i en Fredolic es proclamà Generalíssim i promulgà un estricte codi legal que castigava durament els insurrectes i qualsevol partidari de la *nanocràcia*. El seu lema era: *tothom a treballar i a callar.*

—I què va passar amb el vostre iaio, en Xaruc? —demanà Cesc—. No heu dit que sou el sobirà del vostre poble? Com és possible, si no sou descendent d'en Fredolic?

—El meu iaio sempre va ser el rei legítim. Ell va morir en la batalla del Gran Turó, però mon pare i uns pocs supervivents van aconseguir fugir-ne i van constituir un govern a l'exili, del qual jo soc ara el màxim representant. La dictadura, de tota manera, tampoc no va durar massa ni es va perpetuar: els esbirros de la Reina Grisa prompte van revelar les seues veritables intencions i, acabada la guerra, van reclamar que el Tirà els tornara tots els diners que li havien prestat per a pagar mercenaris. Llavors, com que les arques reials estaven buides i ja quasi no quedaven treballadors en llibertat, en Fredolic va haver d'empenyorar el regne; és a dir, va haver de lliurar Turons Ruïnosos a la seua malèvola aliada.

—Que trist! —opinà el jove, atordit.

—I tant! —replicà en Trapatroles—. Però el pitjor no va ser això: el més paradoxal va ser que tant l'usurpador com la resta de nans traïdors van acabar els seus dies treballant com a esclaus, desllomant-se a les plantes de reciclatge per pagar el gran deute que tenien amb la Reina Grisa.

—I eixa Reina Grisa és la mateixa que Kqua ha anomenat la Bèstia Grisa?

—M'imagine que deu ser així —respongué el monarca—. Jo mai no les he vistes, ni a l'una ni a l'altra, però crec que es deu tractar de la mateixa criatura. Les cròniques només conten que la Reina Grisa era una bruixa terriblement poderosa i que, per això, va poder sotmetre Fredolic i els seus traïdors amb extrema facilitat...

—I la profecia? —continuà interrogant el xicon.

—La profecia, la va anunciar un savi filòsof que tenia grans dots de predicció i va pronosticar que: «així com els esbirros humans havien causat la desgràcia del nostre poble, abans que es compliren cent anys de la fi del regne, una nit qualsevol, un humà procedent de Les Columnes que Sostenen el Cel ens seria enviat per a ajudar-nos a recuperar el nostre llegat, si nosaltres l'ajudàvem a ell a canvi».

—I *l'Enviat* que heu estat esperant durant tant de temps no hauria de ser un valerós guerrer capaç d'enfrontar-se en combat a la Bèstia Grisa, o un poderós mag si més no? —s'afanyà a qüestionar Cesc—. Continue pensant que ha sigut tot una lamentable confusió...

El monarca nan dubtà alguns segons abans de respondre-li:

—En realitat, nosaltres també esperàvem un poderós heroi musculat amb habilitats sobrenaturals i un arsenal d'armes encantades, no un adolescent humà carregat amb una miserable bossa de fem. Però, des del primer moment, tu has vingut a nosaltres portant un pergamí que fa clara referència a la Bèstia i la Gran Kqua ha confirmat rotundament que tu ets *l'Enviat*. Sens dubte, tot encaixa...

Cesc va acotar el cap, pensarós. Tal com li havia comentat la xarradora paperera del carreró al principi de la nit, tot encaixava estrambòticament. Al corredor es va fer un silenci sepulcral i, només al cap d'uns quants minuts, el jove va tornar a parlar:

—Majestat —va consultar, amb els ulls completament esporuguits—, la Bèstia Grisa és un monstre gegant i esgarrifós que té dues banyes llarguíssimes i si-si-sis enormes tentacles retorçuts?

—No ho sé, ja t'ho he dit: jo no l'he vista mai en persona —li contestà el rei—. Per què m'ho preguntes?

Cesc es va posar a tremolar de cos sencer: des de la punta dels dits grossos dels peus fins als lòbuls de les orelles. Nyec i Mec van començar a fer el mateix, i ho van fer amb tanta intensitat que el carrisqueig de les seues dents pareixia el so d'una metralladora. Les darreres paraules del xicon li van brollar dels llavis esmorteïdes com un sospir:

—Ho pregunte perquè la tenim just davant!!!

XII

D’ensurt en ensurt

Just davant, on el túnel feia cantonada cap a la dreta i la claror era intensa, s’entreveia l’ombra gegantina d’un monstre infernal que estava a punt de topar de cara amb els quatre acoquinats exploradors. L’aparença de la criatura era tan aterridora que glaçava l’ànima només de veure-la: estava dotada de sis potes amorfes esmolades com agulles, dues antenes llarguerudes com fuets i una boca immensa carregada d’ullals crespats i amenaçadors.

—Redell, quina cosa més lletja! —exclamà el rei, en veure’n la silueta.

Havia arribat l’hora de la veritat, però cap dels aventurers no semblava preparat per a l’encontre. En Tòfol havia desembeinat la seua espasa i l’empunyava amb tan poca fermesa que pareixia afectat pel mal de Parkinson. El capità Mec, pel contrari, sostenia la llança amb força, però quasi no obria els ulls i només feia que mormolar pregàries a totes les divinitats conegudes i per conéixer. Nyec, per la seua banda, havia perdut els sentits poc després d'entreveure la temible fera i jeia al terra desmaiat sobre un toll d'aigua purulenta. Cesc, una miqueta endarrerit, tampoc no mostrava la més mínima intenció d'entrar en combat; intentava desesperadament rellegir a correcuita les instruccions de la guia del seu videojoc a la recerca d'alguna pista que els servira d'ajuda, però a penes s'hi podia veure amb la poca llum que arribava al corredor.

—Que els fats guien els nostres braços, honor i glòria als fills del fem!

El sobirà dels camacurts tractava d'enardir el seu seguici amb grans paraules, mentre la bèstia s'arrossegava a pas lent i avançava cap a ells amb total parsimònia, com si sabera del cert que les armes d'aquells pobrissons resultarien inútils contra els seus malèfics poders. En qüestió de segons, es mostraria en tota la seua magnitud...

Llavors, va ocórrer un fet absolutament excepcional: a mesura que la criatura girava el cantó del conducte, la seua ombra anava minvant i fent-se menuda a poc a poc, fins al punt que, quan sobrepassà l'angle, es va esfumar de colp i volta; com si mai no haguera existit. Ningú d'ells no podia creure-s'ho: com per art de màgia, la causa dels seus temors s'havia evaporat!

—On està? Què ha passat? —s'estranyà Cesc.

—Per tots els iogurts caducats, plàtans renegrits i pizzes fermentades! On carall s'ha ficat? —s'estranyaren els nans.

Tot seguit, sense donar-los temps a explicar-s'ho, van escoltar un xiscle ultrasònic que els resultà gratament familiar:

—Grrrrrrrrrrricsssss, grrrrrrrrrics!

—Per totes les fruites podrides de l'Univers, estàs viva! —va exclamar Nyec, ple d'alegria, al temps que s'incorporava d'un bot en reconéixer els crits de la seua estimada mascota.

—Cuca!???

Efectivament, la causant de les seues angoixes havia sigut la panderola que el més covard dels nans criava com a animal de companyia. La seua ombra, projectada i engrandida per un fanal proper, havia provocat una dramàtica confusió. Cesc es trobava tan torbat que, en adonar-se'n, no va saber si havia de trencar a plorar o riure a mandíbula batent.

—Maleïda bestiola, quin ensurt que ens has donat! —va protestar el monarca.

—Grgrrr... —es va disculpar l'escarabat.

En un tres i no res, Nyec s'acostà a la diminuta bestiola, l'agafà del terra, la deposità sobre el palmell de la mà i començà a acaronar-la tendrament.

—Mare meua, estàs feta un nyap! Però m'alegre molt de reveure't viva i somrient, estimadeta; hauria renunciat de bon grat a tot el meu Tros Indeterminat a canvi de poder tornar-te a sentir...

La pobra criatura estava lesionada de dalt a baix: tenia tres de les sis potes retorçades, una antena partida, les ales fetes un embull i, a més a més, li supurava una desagradable substància lletosa de l'abdomen. El colp que s'havia donat en estavellar-se contra els ulls de l'ogre guardià del cau dels caps rapats havia resultat terrible, però Cuca era un insecte fora de sèrie i havia sobreviscut al brutal impacte. Les últimes hores, les havia passades buscant els seus companys i, a la fi, cansada i adolorida, havia decidit esperar-los a l'eixida del conducte del claveguéram que conduïa cap a Turons Ruïnosos.

—Cuca diu que el conducte del sud-est acaba ací mateix, en girar la cantonada —explicà Nyec, tot traduint les paraules de la seua amiga—. Diu que ens afanyem, perquè en breu el túnel s'omplirà d'aigües fecals procedents dels barris alts de la ciutat i correm perill de morir ofegats i empudegats.

Era ben cert: fins aleshores no li havien parat atenció, però l'estrepitosa remor d'una gran avinguda d'aigua ja se sentia ressonar pertot arreu dels corredors que quedaven a les seues esquenes...

—Au, espavilem-nos! —va sentenciar el rei nan—. Encarem el nostre destí i esperem que, quan arribe el moment d'enfrontar-nos amb l'autèntica bèstia, siguem capaços de demostrar més valor del que hem mostrat fa un moment.

Dit i fet, la companyia al complet es posà de nou en marxa.

Trencant a mà dreta pel cantó, el passadís continuava uns quants metres endavant i acabava, de sobte, en una ampla obertura enreixada que permetia discernir, amb prou feines, el paisatge exterior. Per allà no podien eixir, però abans d'arribar a l'extrem del túnel hi havia un xicotet fanal enganxat a la paret que il·luminava l'indret i que havia engrandit feia alguns instants l'ombra de la panderola. Aquell punt de llum indicava la presència d'una escala de ferro mig desballestada que portava cap a la superfície a través d'una trapa metàl·lica.

—Cuca diu que hem de pujar-hi, diu que aquesta eixida duu directament cap al nostre antic regne —apuntà Nyec.

Llavors, un per un, el rei primer i el xicon l'últim, abandonaren les clavegueres enfilant aquelles decrèpites escales. Tot just quan l'adolescent va traspassar el llindar i va tancar darrere seu la tapadora de la claveguera, va sentir que una riuada fecal provocava un terrabastall ensordidor davall els peus. S'havien escapat pels pèls de morir-hi ofegats, però aquell no era ni de bon tros el darrer perill que afrontarien.

XIII

Turons Ruïnosos

Davant els atònits esguards d'un parell de trèmules antenes i de huit ulls oberts de bat a bat, s'estenia una vasta depressió de terreny sembrada de túmuls fumejants, una immensa fondalada recorreguda per un impressionant muntanyar de fems que acabava molt més enllà del que la seua vista podia abastar. Pertot arreu, sense ordre ni composició, s'amuntegaven centenars de dunes d'escombraries que, cobertes per un espés bromall pestilent, esbossaven el tètric i desolat paisatge de l'antic regne dels nans. La lluna plena i el cel estrellat prestaven els seus fulgors al paratge que servia d'últim repòs a les desarranjades restes de tota una societat. Ací i allà, marcint-se davall la inclemència dels elements, s'erigien anàrquiques acumulacions d'objectes de tota mena i mida que esperaven pacientment el seu decrèpit futur, muntanyes informes de matèria viva i morta en eterna descomposició.

—Increïble, ací fa més pudor encara que a les clavegueres! —se sorprengué Cesc—. Deveu sentir-vos com a casa...

—Femta pudenta, quantes riqueses! —s'exaltaren els tres nans.

—Grrrummmble fmmmble! —exclamà Cuca.

—Per fi hem arribat a la terra dels nostres avantpassats! —proclamà en Tòfol, en to transcendent—. Tots aquests tresors que veiem ací escampats ens pertanyen legítimament i, amb l'ajuda de *l'Enviat*, per fi podrem reconquerir-los!

Cesc va comprendre de seguida que allò que l'estranya Kqua i els nans anomenaven Turons Ruïnosos era en realitat l'abocador municipal situat als afores de la seua ciutat. Es va sentir francament descoratjat en adonar-se'n, però no gosà dir-ho als seus acompanyants per temor de desil·lusionar-los.

—En marxa! —va ordenar el monarca dels camacurts.

Després de passar una estona embadalits, tots plegats van abandonar l'eixida del clavegueram i van agafar una estreta senda polsegosa que vorejava el perímetre de la depressió i descendia amb un pendent suau i perllongat fins al peu dels pujols. A mesura que s'acabava el pendent, els cinc viatgers observaren que el camí que resseguien desembocava en un ample bulevard flanquejat per desenes d'estàtues vidrioses d'aspecte d'allò més funest. Aquelles terrorífiques escultures representaven tota classe de persones petrificades en actitud agònica, amb un patiment inenarrable dibuixat als rostres.

—És gent de veres? —va preguntar Cesc, horroritzat.

—Així és —li respongué, sec, en Tòfol.

—En efecte —apuntaren els altres dos nans—. I esperem no acabar igual...

El jove va recordar aleshores l'admonició de la docta Kqua i va sentir que un intens calfred li encollia l'ànima de cap a punta.

Van avançar i van observar que, al final d'aquella tètrica avinguda, dues grans semiesferes metàl·liques de color verd interrompien la via i barraven el pas cap a l'interior de l'abocador. Contemplant-les de prop, Cesc va advertir de seguida que es tractava de dos contenidors de reciclatge de vidre i, tot d'una, va veure que, per l'orifici superior d'un, sobreeixia un llarg apèndix viscós amb un ullot a l'extrem.

—Els guardians sagrats! —anunciaren els seus companys, amb reverència.

Aleshores, s'escoltà una dringadissa estrepitosa de botelles entrexocant i, feixugament, les cúpules verdoses dels contenidors començaren a balancejar-se i a oscil·lar fins que, per davall les seues bases, emergiren els cossos resplendents de dos gegantins caragols de cossos cristal·lins.

El jove contemplà perplex aquelles magnífiques criatures de pell refulgent que l'enlluernaven amb les esplendors. Li van semblar tan meravellosament belles que, en veure-les, es va sentir corprés per una imprevista felicitat, semblant a la felicitat de qui troba un oasi al bell mig del desert. I era talment així: el xicon acabava de trobar un tresor vivent entre multitud de dunes de detritus.

—Qui ets tu, petit humà? —l'interrogaren ambdós caragols amb una veu candorosament entrellaçada, semblant a una simfonia de delicades vibracions—. Què has vingut a fer a les portes d'aquest antic regne oblidat?

—Em diuen Cesc i he vingut a desfer-me d'aquesta bossa de fem —contestà ell, encara fascinat per la visió.

—Benvinguts sigueu tu i els teus amics, heu vingut al lloc adequat: Turons Ruïnosos és el cementeri de les deixalles repudiades i nosaltres en custodiem l'entrada.

—Digues, jove: vens de terra endins, d'allà on s'alcen Les Columnes que Sostenen el Cel?

Cesc va seguir amb la mirada la direcció que marcaven els ullots antenats d'aquells éssers fulgurants i comprengué que ells també anomenaven així els gratacels de la seua ciutat que, retallats contra el cel nocturn, semblaven realment un conjunt de pilastres lluminoses que s'erigien per a apuntalar-lo.

—Així és —els respongué—: però no *són* columnes i tampoc no sostenen res; són edificis i, a l'interior, hi vivim persones.

Els dos fràgils caragols acostaren mútuament els caps amb un lleuger i radiant moviment i barbotejaren entre dents alguna cosa inintel·ligible. Els camacurts, per la seua banda, aliens a tot, només feien que admirar bocabadats les riqueses del seu regne.

—Veiem, xiquet, que ets savi i parles meravelles; coneixes el secret antic de Les Columnes i, tal volta, coneixes altres misteris arcans. Potser podries resoldre'ns un dubte que ens angoixa des de temps immemorable...

El xic tornà a recordar de nou l'advertència de l'Oracle sobre l'enigma que li havien de formular els guardians: si no n'encertava la resposta, aquelles criatures els convertirien en estàtues de vidre com les que adornaven el bulevard que acabaven de deixar enrere. Per un moment, va estar temptat de pegar a fugir d'allà, esperitat, però allò no era una bona idea, i si volia tornar a casa, no li quedava més remei que intentar resoldre la qüestió. Amb resignació, va assentir i els caragols passaren a plantejar-li l'endevinalla:

—Nosaltres, els Lluents, éssers de naturalesa cristal·lina, som transparents i purs, però som summament trencadissos alhora. En canvi, no són els colps els que ens fan témer per la nostra fragilitat, sinó la mentida. Si en pronunciem una, la seua substància impura pot, en un tres i no res, reduir-nos a simple polsim resplendent. És per això que ens intriga molt la seua naturalesa.

Nosaltres, que vivim en un paratge de contrast, on allò sublim i allò repulsiu conviuen harmònicament, hem arribat a comprendre que la bellesa i la monstruositat són cara i creu d'una mateixa moneda, pols oposats d'una única essència. Per això, xiquet, no entenem la falsedat. Contesta'ns: on es troba l'altra cara de la mentida, hi existeix alguna

mentida bella?

«No, del tot impossible», pensà Cesc de primer moment.

—Pensa, pensa: una mentida bonica! —l'animaren els companys, ambicionant la fortuna de les muntanyes del femer.

«Les mentides no poden ser belles; tot al contrari, són lletges i detestables. Fins i tot si són mentidetes, sempre condueixen a d'altres mentides majors, mentides que finalment acaben resultant abominables».

No és que Cesc no diguera mentides mai —tots ho fem de tant en tant—, però sabia que, quan ho feia, no se sentia del tot bé...

«Mentida —repetí mentalment—, bola, engany, estafa, traïció, argúcia, frau, trampa, falsedat...»

De mentides n'hi ha de moltes classes; tan variades com els mots que existeixen per a anomenar-les: grans mentides que causen gran mal a moltes persones; mentides per les quals la gent arriba a matar i a morir; mentides menudes que passen desapercebudes; mentides piadoses; mentides que es diuen per a evitar mals majors... Hi ha, fins i tot, les mentides que contínuament ens contem a nosaltres mateixos i que acabem creient miserablement. Però, si alguna cosa tenen en comú totes les mentides és que, al capdavall, resulten menyspreables igualment...

«D'altra banda —reflexionà Cesc—, hi ha ocasions en les quals es pot mentir callant o dient sols una mitja veritat. De vegades, la mentida ix del no-res i, en canvi, altres vegades és una deformació esperpèntica de la veritat...»

—Pensa, pensa! —l'animaven els nans, ansiosos per abocar-se sobre el fem.

«No obstant això—continuà rumiant l'adolescent—, deformar la realitat no sempre equival a enganyar...»

—Un Pegaso! —cridà de sobte, tot emocionat.

—Què vols dir, xiquet? —l'interrogaren, encuriosits, els dos guardians.

—Un Pegaso és una bella mentida! —bramà, agitat.

—Un Pegaso? —qüestionaren els seus companys, estupefactes.

—*Pegasos, lindos pegasos, caballitos de madera...* —va mussitar ell, tot recordant uns cèlebres versos del poeta Antonio Machado que havia après en classe de Castellà.

—Explica't!

—Un Pegaso no existeix: és una mentida —va aclarir ell, sentint-se sobtat per l'enginy—. Els cavalls alats que volen pel cel i cavalquen per la terra no existeixen; són mentides, mentides inventades que resulten belles d'imaginar.

—Mmm... I digues, humà, coneixes més d'aquestes mentides belles i artificials?

—I tant! —continuà, ple d'inspiració—. Qualsevol mentida pot ser bella, si no es diu amb mala intenció i si, prèviament, se sap que és mentida. Llavors no fa mal; al contrari, pot resultar ben plaent escoltar-la. Totes les històries de ficció són mentides —va afirmar—, mentides boniques que ens agrada creure i que necessitem per a viure. Qualsevol conte o rondalla conté tot un seguit de mentides fascinants que, per alguna estranya màgia, omplin de joia les nostres vides i ens ajuden a creure que els nostres anhels més profunds poden veure's realitzats. I el mateix passa amb els videojocs i amb les pel·lícules. Per exemple —va dir, alçant la vista cap a la volta celestial—, somiar que els estels fugaços atorguen desitjos és més bonic que considerar-los simples fragments de pols espacial que s'incendien en xocar contra l'atmosfera...

Quan el jove acabà el raonament, descobrí que aquelles encisadores criatures s'havien amagat dins les closques i, retirant-se a un costat, els havien deixat lliure el pas cap als Turons Ruïnosos.

Encesos de cobdícia, els nans i la panderola es van precipitar d'un bot cap a l'interior del seu antic reialme i desaparegueren entre els amuntegaments de detritus. Cesc, però, abans de posar-se a seguir-los, va regirar entre les seues deixalles i va abocar, dins els contenidors verds, les botelles i els pots de vidre que hi traginava. En haver ofrenat aquell obsequi als Lluents, al rostre se li va dibuixar una ganyota de preocupació: la seua bossa del fem estava cada volta més buida i ell no tenia gens clar si l'havia de deixar caure sobre el primer muntó de porqueries que es trobara, o si es tractava de depositar-la en algun lloc concret.

XIV

Els esbirros espectrals

En lloc de desfer-se de les escombraries allà mateix, el jove va decidir que, de primer, buscaria els nans entre els turons: l'instint li deia que, tot i que ja havia arribat a la seua suposada meta, aquella aventura no havia acabat encara. I també intuïa que, sense l'ajuda dels seus estrafolaris amics, no trobaria mai el camí de tornada. Sumit en aquelles quimeres, inicià una llarga passejada sobre la incòmoda catifa de deixalles que s'estenia davall els seus peus. Una brisa càlida li bressolava els cabells i portava de banda a banda els fètids vapors que desprenien les dunes. Pertot arreu, bocins de tela i de plàstics esgarrats onejaven al vent com les ensenyes d'un castell embruixat. Tot al seu voltant, gats, gossos, rates penades, gavines i d'altres carronyers campaven a plaer disputant-se un interminable botí de misèria dins els límits d'aquell extens i profund abocador.

—Rei Tòfol! Majestat! Mec! Nyec! Cuca! —cridava el jove.

Aquell passeig nocturn hauria resultat certament didàctic si Cesc haguera pogut veure-hi amb claredat —i no entre penombres— la quantitat de curioses andròmines que jeien pertot arreu lamentant la seua decrepitud. A cada nou pas, el xicon hi trobava tota classe de coses rebutjades: electrodomèstics esbudellats i mobles contrafets, joguets trencats i nines escapçades, llaunes rovellades i envasos desbocats de plàstic de tota mena i mida, peces de roba mostoses i espentolades, restes estripades de caixes i cartons, cisternes i tasses de vàter esquerdades i milers de papers que revolaven al vent com papallones embogides. Hi havia, en definitiva, tot allò que, dia a dia i tona a tona, la gent repudiava a l'interior dels contenidors de fem. I n'hi havia en quantitats tan summament exagerades, que Cesc arribà a sospitar —amb bona cosa de raó— que, si ningú no hi posava remei, aquell cementeri de residus acabaria engolint-se algun dia la ciutat sencera.

—Mare meua, quina indecent quantitat de porqueria! —s'anava dient a cada pas—. No hauria imaginat mai que les persones en poguérem produir tanta...

Al cap d'una estona de deambular desorientat, l'adolescent es va asseure a descansar sobre un sofà de cuiro, tan desgastat que ja només semblava una amorfa aglomeració d'escuma sintètica i molles rovellades. Aquell moble no era gens còmode ni salubre, però no hi havia res millor al seu abast i ell duia ja massa temps vagarejant entre flaires nauseabundes; havia estat pegant voltes tota la nit i les parpelles li pesaven, la set li feria la gola i les cames li feien figa.

De sobte, allí estovat, veient un munt de fulls dansant hipnòticament al bell mig d'un remolí de vent, va recordar el tutorial del seu videojoc i es va posar a estudiar-lo de nou. A poc a poc, imaginant que el llegia davall el càlid cobertor del seu llit, anà quedant-se adormit...

Riiiiiiiiiiiiiiiiiiiiiiiiiiiiiiiiiiiiiiiiiiiiiiiiing!!!

Un agut i prolongat dring el despertà violentament. Creient que es tractava del despertador, el jove somrigué satisfet: tot havia sigut un malson i els cereals de xocolate, com cada dia, l'esperaven a la cuina, al final del corredor. En canvi, en obrir els ulls, s'adonà que es trobava al mateix fantasmagòric escenari i que la pudor continuava envoltant-lo. Res no havia canviat. Potser s'havia adormit només alguns minuts, potser unes quantes hores; fora com fora, el rellotge del seu mòbil continuava marcant les 00:00:01 hores i continuava blocat i sense ni una ratlleta de cobertura.

—Merda! —exclamà, enfadat—. Merda per a parar un carro!

El molest dring es va interrompre i va ser substituït per un rebombori intens, causat per la irrupció en escena de desenes de siluetes humanes i nanes que emergien en massa des de tots els racons i s'enfilaven amb diligència sobre els pujols de runa. Els nans avançaven en tirereta, nugats pel coll amb llargues cadenes, i els homes els conduïen i els anaven assotant amb llargs fuets. Quan arribaven al turó que els pertocava, els esclaus es posaven a furgar entre la femta amb gest mecànic. En contemplar aquella descoratjadora escena, el xicon, esporuguit, provà d'arrecerar-se darrere el sofà per passar desapercebut als ulls de les aterridores figures que perpetraven aquella vil explotació. Però, a pesar dels seus esforços, resultà inútil amagar-se'n:

les mirades que pretenia eludir estaven massa acostumades a les particularitats del territori i a la seua perpètua foscor...

—Eh, tu! Què fas? Ix immediatament i vine cap ací! —amb una veu seriosa i desproveïda de tota humanitat, una de les ombres li cridà l'atenció des del cim del turó de fems que quedava a la seua esquena.

Cesc es capgirà lentament. Qui el cridava era un home elegantment abillat amb pantalons de pinces, tirants, camisa d'executiu i corbata ratllada. A la mà dreta sostenia un refinat maletí de pell i cobria el rostre amb una sinistra màscara antigàs. En veure'l, el jove començà a tremolar envaït per una intensa esgarrifança: sens dubte, aquell era un dels temibles esbirros de la Bèstia Grisa. Amb tot, la seua presència no causava por, sinó estupor: aquell home sense rostre era un espectre i suscitava una tèrbola barreja de repugnància i compassió.

—T'he preguntat que què fas, estàs sord? —va insistir l'home, enfadat.

—Estava... eh... descansant... he sentit un timbre molt fort i, com que m'he espantat, he decidit amagar-me —balbucejà ell, acovardit.

—Mmm... —reflexionà l'espantall— Si t'amagaves, és que alguna maldat feies! No deus haver furtat res, no?

—No... jo... eh... jo solament...

—No pots estar ací! —el tallà, secament—. Açò és una propietat privada, jo tinc els drets exclusius d'explotació d'aquest turó i ningú no pot accedir-hi sense el meu permís. Ho has entés?

—Sí... però...

—Res de peròs! Veus aquesta llicència? —cridà l'esbirro, tot obrint el seu maletí i mostrant-li un full imprés i segellat—. Legalment, segons la clàusula cinquena paràgraf tercer apartat segon, has incorregut en un delicte de violació de la propietat aliena i, com a mínim, et cauran entre tres i sis anys de presó.

—Però jo no he furtat res! —protestà, enèrgicament, l'acusat.

—Ah, no? Ara mateix ho comprovarem! Vegem: què duus dins aquest sac negre?

El jove, confús com estava, va obeir el requeriment d'aquell esbirro i, per enèsima vegada, va deslligar la bossa de residus i va mostrar al neguitós propietari d'aquell turó el poc que encara hi contenia: dos cartons de llet esclafats, un embolcall de caramel fet una piloteta i una rosa roja marcida i resseca. D'immediat, aquell home de mirada glacial va reobrir el maletí de pell i en va traure un rotllo de paper tot cal·ligrafiat. A continuació, el desenrotllà pendent avall i procedí a repassar el contingut de l'escrit a un ritme vertiginós, mentre novament l'enrotllava cap amunt.

—Ho veus!? —bramà, de sobte, tot exaltat—. Ací ho tenim! Segur que aquests dos cartons de llet són part de la meua col·lecció de brics conformada per vint-i-un mil tres-cents seixanta-set exemplars!

—Però... Què diu ara?

—I l'embolcall... l'embolcall segur que és un dels setze mil cinc-cents quaranta-tres papers de caramels de sabor de maduixa que pertanyen al meu turó!

—No és de maduixa, és de menta! —replicà Cesc, desesperat, al temps que desplegava la piloteta de cel·lofana i li la mostrava.

—És igual! Llavors, deu ser un dels meus trenta-set mil sis-cents catorze embolcalls de caramels de menta —argüí l'espectre, mentre agitava amb prepotència el rotllo on anotava les seues absurdes possessions—. Mentider, farsant, lladregot! Què pretenies, revendre-ho tot per pagar-te el saldo del mòbil, eh?

—Però jo... de veres que... —intentava defensar-se el pobre xic.

—Tu res, lladre que ets un lladre! Retorna'm tot el que m'has pispat i espera't ací fins que trobe un guàrdia que et tanque al calabós!

Dient allò, l'esbirro li arrabassà d'una manotada els brics de llet i l'embolcall del caramel i sols li va deixar la flor pansida, que no pareixia interessar-li en absolut. Acte seguit, aquell espectre avariciós va girar cua i se'n va anar a buscar un agent de la llei que es fera càrrec de la situació.

XV

Perdut i vençut

Òbviament, quan el pervers esbirro va desaparéixer per l'altra cara del seu turó amb la intenció de delatar-lo a les autoritats, el xicon va pegar a fugir d'allà a tota virolla i va començar a córrer sufocat. Saltironant entre les dunes de femta sense meta ni destinació, avançava a trompades i entropessava a cada gambada amb desenes d'obstacles improvisats que el feien caure i redolar avall pels pendents dels turons de manera estrepitosa. Quan els espectres propers s'adonaven de la seua fugitiva presència, ràpids com un mal pensament, es treien uns xiulets daurats de la butxaca i els bufaven enrabiats per davall les seues caretes. Aleshores, embogits pel penetrant refilet, tots els gossos salvatges de la contornada s'alteraven i començaven a perseguir el jove. Els nans esclaus no badaven boca ni feien res al respecte, només callaven i remenaven les deixalles amb els caps acotats.

—Perseguiu-lo, que no escape! —cridaven els malvats propietaris dels pujols—. Feu-lo xixines i no deixeu d'ell ni les ungles!!!

L'ensurt de Cesc, en veure's assetjat per tota aquella gossada ferotge, va ser incommensurable: el cor li va fer un tomb al pit i la sang li va començar a bullir amb frenesí a les venes. Tot i que mai no havia sigut un gran atleta, durant aquella desesperada fugida, el xicon aconseguí esprintar entre els amuntegaments de detritus com un autèntic campió olímpic i, miraculosament, ja no hi va tornar a caure ni una sola vegada més. Per tot arreu, al llarg del seu precipitat recorregut, es va anar trobant dotzenes d'usurers engalanats regirant minuciosament entre els caramulls de porqueries i tots el despatxaven amb menyspreus similars:

—Ves-te'n d'ací, lladregot!

—Açò és propietat privada!

—Esfuma't o avisaré els guàrdies!

Finalment, perdut i exhaust, a punt de defallir i ple d'arraps, Cesc va arribar davant el mur que marcava el límit oriental de l'abocador i, quasi d'esma, entre llàgrimes d'impotència, el va escalar de quatre grapes.

Quan per fi va perdre de vista els gossos, els esbirros i aquella tediosa depressió de terreny, el pobre es va deixar caure a plom sobre el terra polsós. Mentre esbufegava i panteixava sobre el paviment completament esgotat, el gèlid alé de la nit li va besar les galtes i el va fer reviscolar. Sense adonar-se'n, havia detingut la cursa just davant un caminoi serpentejant que ningú no transitava a aquelles hores. Cesc es va incorporar i va parar esment a la bossa rebregada que subjectava entre els dits suosos i pensà que allò que havia fet no equivalia exactament a tirar el fem: li l'havien furtat! Però, encara li quedava la rosa mústia i, tècnicament, encara hi havia esperances. En qualsevol cas, no podia tornar enrere de cap de les maneres: si ho feia, els malèfics propietaris, els cans endimoniats i els agents de la llei l'acaçarien com una llebre. Havia de continuar endavant i l'única opció viable era enfilar aquella solitària carretera per mirar de retornar a la ciutat i trobar-hi un contenidor on depositar les deixalles. Així doncs, situant-se al marge esquerre de la calçada, el jove començà a recórrer aquella incerta via cap a l'horitzó i, mentre ho feia, l'anaren assaltant tota mena de cabòries i de pensaments diversos:

On devien haver-se ficat els maleïts nans?

Quina classe d'ajuda li oferien si, a les primeres de canvi, en arribar a Turons Ruïnosos, l'havien abandonat i s'havien abocat sobre les muntanyes de fem?

Potser tota aquella història de la profecia i del regne perdut havia sigut una excusa i sols l'havien utilitzat perquè els ajudara a resoldre l'enigma de l'entrada?

S'haurien enfrontat ells amb la Bèstia Grisa pel seu compte?

A mesura que l'adolescent avançava capficat en totes aquelles qüestions irresolubles, una lleugera boirina s'anava condensant progressivament al seu voltant, fins que l'insidiós baf només li permeté divisar un parell de metres per davant. En breu, el seu cos va quedar sepultat davall un dens mar vaporós que, d'alguna estranya manera, l'empresonava i constrenyia. Excepte dues grans esferes rutilants que s'albiraven en la llunyania no s'hi podia percebre res més i, en aquell apartat indret, sols s'escoltava el ressò de les seues peuades fatigades i un xiuxiueig maligne que no presagiava res de bo.

Novament, Cesc es va sentir vigilat en la seua solitud per una misteriosa presència sobrenatural que observava els seus moviments amb la sagacitat d'un depredador, tot esperant el moment idoni per a sobtar-lo. En canvi, malgrat l'immens terror que aquesta sensació li proporcionava, sense saber ben bé per què, el xicon s'endinsà més i més en la senda d'asfalt i avançà directe cap als llums.

Al cap de poc, el jove advertí que el paviment s'eixamplava davall els peus, com si la carretera desembocara en una gran redona, i va descobrir que, al bell mig de la glorieta, entre les dues esferes purpúries que persistien a hipnotitzar-lo amb una gran resplendor, reposava una taula parada amb tot tipus de llustroses fruites d'aspecte ideal: suculents talls de meló, dolços albercocs, daurats raïms, lluentes cireres i tota mena de delícies naturals que feien vindre una gana tremenda només de veure-les. Ignorant l'advertiment de la seua consciència, el jove s'abocà famolenc sobre el menjar. Va agafar una poma exuberant i la mossegà amb els ulls tancats...

—Mmm, que bo! —exclamà, complagut.

Sorprenentment, però, la poma no feia gust de poma sinó de McBurger. I el mateix va passar amb tots els fruits que tastà: cada un feia gust d'un altre producte ben divers. Les fraules feien gust de creïlles fregides *deluxe*; les bresquilles, de Donuts de xocolate; el meló d'Alger, de pizza carbonara; els nespres, de *fingers* de formatge; les peres de Sant Joan, de kebab mixt; i els caquis, de *nuggets* de pollastre. Un rere l'altre, Cesc es delectà tastant tots aquells fruits prodigiosos i es deixà emportar per la imaginació cap a un Edén de *fast food* paladejat. En acabar, en canvi, va advertir, atemorit, que els llums rogencs se li havien apropat discretament i ara el guaitaven amb ferocitat a només uns pocs passos de distància.

—Hi ha algú? —retronà la seua veu en la foscor.

XVI

L'horror més horrífic

Cesc no va obtindre cap resposta per a la seua pregunta en aquella inquietant replaça on s'havia atipat de fruites exòtiques de sabors tergiversats.

—Hi ha algú? —tornà a insistir.

Silenci de nou...

Aquesta segona vegada, però, les dues esferes rutilants reptaren cap a ell entre la boira i tenyiren el seu racó d'una tènue claror rogenca. Llavors, el xicon es va adonar, horroritzat, que els llums eren en realitat ulls, els ulls maliciosos i flamejants d'un monstre sense igual: una gegantina serp amb escates d'asfalt i quitrà que l'observava amb perfídia. La bèstia va obrir la boca tot d'una i, de la gelor de les seues negres entranyes, brollà un filet de veu esgarrifós:

—Ssoc Ssenda, la Sserp Grissa, ssenyora d'aquesstess terress. I tu, vissitant, qui etss i què fass alss meuss dominiss?

—Em diuen Cesc —va mormolar ell, completament acovardit—. M'he perdut quan baixava a tirar el fem i fa estona que intente tornar a casa, però la carretera que estava resseguint cap a la ciutat sembla que s'acaba just ací.

—Jo ssoc la carretera i no tinc principi ni fi. Ssi volss, puc dur-te a ta cassa.

Davant el jove, erigida amb prepotència, es trobava la temible criatura d'obscures intencions contra la qual li havien advertit Kqua i els nans: la Bèstia Grisa, l'ésser més vil i poderós d'aquell món estrany. No obstant això, aquella immensa serp de dors enquitranat, en lloc d'exterminar-lo sense miraments, s'estava oferint afablement a portar-lo cap a la seua llar. Alguna cosa no encaixava en tota aquella història: Cesc havia passat mitja nit tement aquell encontre i ara el monstre pretenia ajudar-lo...

—I què hauria de fer jo a canvi? —va preguntar, escamat.

—Ress.

—Segur? No hauria de fer res? —va insistir.

—Ssegur.

—M'assegures que no cal que faça res per tal que em dugues a casa?

—T'ho asssegure. Au, vinga, no tinguess por: puja-hi!

Cesc se la remirà de dalt a baix amb desconfiança, però tot obeint l'hipnòtic i seductor esguard de la criatura, va muntar al seu llom tatuat amb ratlles discontínues i, acte seguit, creient-se un genet del llunyà Oest, cridà:

—Arri, Senda!

Pobre innocent...

Quan la diabòlica serp va sentir aquelles paraules, va emprendre el camí, embogida, cap als boscos i les hortes centenàries que envoltaven la ciutat. Allà on s'enfilava, hi sembrava la destrucció sense pietat: els arbres s'enlairaven segats d'arrel, els animals salvatges morien esclafats o fugien espantats, els esperits feréstecs gemegaven i la terra es tornava erma mentre la malèfica bèstia ho arrasava tot entre rialles de cruel satisfacció.

—Para! Atura't! Prou! —cridà Cesc, tan fort que quasi va quedar afònic.

L'onerós monstre, en sentir-lo, es parà al bell mig d'una immensa clariana tota devastada, contemplant amb joia el macabre paisatge que la seua fúria perversa havia provocat: un espectacle dantesc de misèria i aniquilació. Pertot arreu es veien arbres arrabassats, animals morts i el sòl cobert per un funest mantell de grisor...

—Què tenss? —va xiuxiuejar la bèstia amb insolència.

—Què has fet!? —li demanà ell, tot aclaparat, assenyalant-li les desfetes—. Açò no m'ho havies explicat, m'has mentit!

—No t'he mentit: etss tu qui no ha fet la pregunta correcta —contestà la serp, amb sibil·lina malícia.

—T'he preguntat si havia de fer res per a arribar a la ciutat!

—Tu no hass fet ress, he ssigut jo.

—Sí, però...

Cesc se sentia brutament traït: la desolació que ara s'estenia al seu voltant havia ocorregut per culpa seua i no sabia ben bé com excusar-se.

—Esscolta'm bé, jovenet, ningú no regala ress i ress no éss debadess. Tot en aquessta vida té un preu: la roba té un preu, el menjar té un preu, la diverssió té un preu i, finss i tot, la vida de less perssoness té un preu. El preu que jo et porte ràpidament a ta cassa éss la dessaparició d'algunss arbress i cultiuss i l'extinció d'unss quantss animalss inssignificantss. Què em diuss: sseguim endavant?

Cesc dubtà alguns segons. Estava aclaparat pel que veia i per l'encís nociu que aquella fera exercia sobre el seu ànim amb ullots flamígers. En canvi, alguna cosa dins seu —la veu profunda de la seua consciència— es rebel·lava contra aquelles sinistres paraules. Amb resolució, va descavalcar d'un bot del llom de la serp i li va respondre:

—Deixa-ho córrer, m'estime més continuar a peu: el preu que em demanes és massa elevat i jo no tinc cap dret de pagar-lo, perquè ni la terra ni els arbres ni els animals no em pertanyen i no puc consentir que continues amb aquesta destrossa.

—Éss un ssacrifici necesssari: éss el preu del progréss.

«El progrés… —repetí Cesc, mentalment, admirant els llums pròxims de la seua ciutat— … el progrés tenia un preu i les comoditats tenien un preu: si deixava que Senda seguira obrint-se pas a través de les hortes, prompte estaria reposant tranquil a casa».

—Un ssacrifici del tot necesssari... —la veu seductora i suggestiva de la serp ressonava perniciosament dins el seu cap.

De sobte, però, l'adolescent va recordar les dramàtiques imatges dels incendis a l'Amazònia que havien repassat aquella mateixa setmana a classe de Ciències Naturals, va recordar el profund malestar que sentia cada volta que constatava que el món anava cada dia pitjor i va recordar també que els caragols cristal·lins li havien ensenyat que tot tenia una cara i una creu. Llavors, tot i arriscar-se a patir la ira furibunda d'aquell rèptil infernal, va decidir resistir-s'hi:

—Tens raó: tot té un preu i, per això, allà on arriba el progrés que tu proposes res no torna a ser igual i, a la llarga, la situació s'acaba fent insostenible. Si continues així, si tot ho soterres davall grava i asfalt, prompte no hi haurà espai per a la vida.

—Esstúpid! —s'indignà la serp—. Ho vulguess o no, més prompte que tard, cobriré el món sencer i l'assfixiaré lentament davall les meuess esscatess!

Aleshores, els ullots de la gegantina colobra s'inflamaren de còlera i, tot d'una, des de les profunditats de la seua boca, va sorgir una bífida llengua de boira que apressà el cos del jove i començà a arrossegar-lo cap al fons de la seua fosca gola.

—Ho veuss? A totss uss passsarà el mateix: de primer, arrasssaré less vosstress terress i els vosstress campss i, a continuació, acabaré a poc a poc amb vossaltress.

Immobilitzat i oprimit per la seua formidable llenguota, Cesc s'endinsava sense remei en les negres entranyes d'aquella maleïda criatura i no tenia ni idea de com evitar el fatídic desenllaç. Els consells de la guia del videojoc —el tutorial que suposadament havia de facilitar-li la clau per a enfrontar-se a la Bèstia— només especificaven que el monstre final de l'aventura sols podia ser ferit amb armes de runes i que calia un poderós sortilegi d'arcana màgia natural per a derrotar-lo de manera definitiva. Malauradament, però, ni ell sabia fer encanteris ni tenia res a l'abast amb què atacar-la.

—No t'has parat a pensar que, si no hi deixes res, tu tampoc no sobreviuràs? —replicà el xicon, desesperat—. Si ho destrueixes tot, si no mantens cap equilibri, també tu et destruiràs i al final només quedarà un planeta estèril que tu abraçaràs unflada d'avarícia, mentre proclames ridículament que tot és teu...

Cesc va pronunciar aquelles darreres paraules amb el seu últim alé. Després, va defallir i a penes va poder sentir com una vaga lletania la descoratjadora resposta de la seua mortal assassina:

—Això no li importa a ningú!

XVII

L'hora del sacrifici

La crueltat de Senda, ama i senyora de Turons Ruïnosos, era llegendària i no coneixia límits. La Bèstia no admetia cap mena de discussió al voltant dels seus designis i Cesc va haver de pagar molt car el seu atreviment: amb la pròpia vida. Però, en realitat, la monstruosa serp d'asfalt ja havia previst engolir el xicon molt abans d'enraonar amb ell. Tant li feia si acceptava o no el seu tracte: l'insolent humà havia gosat endinsar-se en els seus dominis i aquesta falta de respecte resultava imperdonable. Als ulls de la despietada Reina Grisa, qualsevol ésser que no estiguera sotmés als seus poders, o esclavitzat davall la seua voluntat, era un enemic que calia eliminar. Així, des del seu intransigent punt de vista, la humanitat sencera estava condemnada a repetir el mateix tràgic final que acabava de patir el jove.

Després d'engolir aquell intrús sense remordiments, la fera gegantina es va retirar cap al seu niu a descansar. Una volta allà, estovada sobre una monumental pila d'ossos i de cranis —despulles pòstumes de les seues incomptables víctimes—, es va dedicar a paladejar el sopar i a pair-lo plàcidament, mentre rumiava noves injúries i nous plans per a conquerir el món:

—A ningú no li importa el que passse amb aquesst planeta —murmurava enrotllada sobre si mateixa—. No importa ssi cada volta els marss i elss riuss esstan méss brutss, ni ssi elss polss ess dessfan, ni ssi l'aire cosssta méss de resspirar, ni ssi elss bosscoss primariss agonitzen, ni ssi milerss d'esspècies animalss ess troben en greu perill d'extinció: mentre less perssones esstiguen entretingudes i tinguen cada dia novess cossess per a comprar, ningú no ess preocuparà pel que passse al sseu voltant. La gent sseguirà esstresssada, cada u penssarà que ja té prou amb elss sseuss problemess com per a ocupar-sse delss aferss alienss i, així, mentre totss ess miren el propi melic, ignoraran que elss sseuss propiss ressiduss esstan a punt de desstruir-loss. Ha, ha, ha, ha, ha! —reia ufanosa.

Malgrat l'eufòria del moment, el que la serp ignorava era que aquella riota diabòlica que omplia les parets de la cova, en breu, acabaria transformant-se en un so del tot diferent. No molt lluny d'aquella escena i d'aquell tenebrós racó, el rei en Tòfol Trapatroles, els tres membres del seu reduït exèrcit i una multitud d'esclaus alliberats s'acostaven veloçment cap al refugi de la Bèstia Grisa a lloms d'una enorme retroexcavadora. Els pobladors del fem cavalcaven aquell colossal vehicle i, durant el trajecte, no paraven de proferir crits de guerra:

—Mort al monstre!

—Llibertat per al poble oprimit!

—La victòria serà nostra!

Els nans anaven completament equipats amb un magnífic arsenal màgic i acaraven aquell encontre final carregats d'entusiasme. L'enfrontament amb la sanguinària usurpadora de les seues terres seria un combat de dimensions èpiques i tots ells estaven disposats a deixar-se la pell en el camp de batalla.

D'on havien tret els nans fematers aquella excavadora i la resta d'objectes encantats que portaven? Què havien estat fent mentre el seu company humà deambulava perdut entre els turons de l'abocador municipal? Sabien aquells alegres guerrers que *l'Enviat* havia sigut devorat per la malèfica Senda?

L'espaordidor retruny del vehicle, obrint-se pas a través la boirina, ofegà les últimes reverberacions de les rialles de la monstruosa serp. Al cap de poc temps, el seu cau es va omplir d'un seguit de vibracions mecàniques que trencaren la solitària calma de l'indret. La Bèstia Grisa es capgirà esglaiada i les seues pupil·les, enceses de fúria, penetraren ansiosament les tenebres a la recerca de l'origen d'aquell estrèpit. De sobte, entre el dens bromall que cobria el seu amagatall aparegué, sorollosa i fumejant, la descomunal retroexcavadora muntada pels camacurts que avalotaven excitats davant la imminent derrota de la seua ancestral enemiga.

—Miserable colobra, t'ha arribat l'hora! —cridaven Mec i Nyec, al volant.

—Turons Ruïnosos retornarà aquesta nit a les nostres mans! —cridava, victoriós, en Tòfol primer, el legítim hereu del tron dels nans.

—Grrrfwl! —cridava Cuca, brandant les seues antenes com si foren les banyes d'un bou embravit.

La serp es va redreçar furibunda i va veure, per fi, qui eren els inconscients que armaven tant d'aldarull.

—Aggg, misserabless pucetess, com gosseu molesstar-me? —bramà plena d'odi—. Em penssava que elss meuss essbirross uss havien sotméss feia tempss. Però no importa, ara coneixereu de primera mà l'abasst delss meuss poderss i lamentareu per ssempre haver-voss apropat al meu ssantuari...

A rengló seguit, el temible rèptil d'asfalt va envestir l'excavadora amb tota la seua còlera i el colp va ser tan brutal que l'aparell va esclatar en mil bocins i va quedar reduït a un intricat amuntegament de ferralla inservible. Els ocupants, però, van poder abandonar la cabina instants abans de l'explosió. Marejats i confusos, els nans i la panderola es van incorporar de nou a la lluita empunyant les armes que s'havien pogut salvar de les flames. El més valent de tots, el capità Mec, enlairava per damunt el seu cap una impressionat maça d'obra tres pams més gran que ell i s'adreçava directament a amartellar el rostre de la bèstia. Nyec, des de la rereguarda, disparava contínues ràfegues de claus contra l'abominable cos de la colobra amb una enorme rebladora industrial. Cuca li feia costat, ajudant-lo a afinar la punteria. Els esclaus alliberats l'atacaven pels flancs amb cadenes, pals, pics i tota mena de ferramentes improvisades. Al capdavant de tots ells, plantat com un mític tità, en Tòfol Trapatroles arremetia contra l'espantosa boca de La Reina Grisa empunyant un martell hidràulic a tota potència.

Ratatatatà!

Cracs! Crecs! Crics!

Pam, pam, patapam!

Les picades i els colps se succeïren sense parar en un tremebund triple atac combinat. En canvi, la Bèstia pràcticament ni es va immutar. Semblava que tots aquells embats només li feien nosa i que les armes màgiques a penes penetraven la seua pell granítica. Era com si el monstre estiguera rebent carícies en lloc d'impactes: les seues dures escates no s'arribaven ni tan sols a clevillar i l'únic que aconseguien els interminables atacs era omplir-la d'arraps i alçar un dens núvol de polsim.

—Ha, ha, ha! No uss cansseu encara de fer-me cossquerelless, patèticss borinotss inofenssiuss? Ara veureu qui riu i qui plora en aquessta hisstòria! —vociferà l'abominable Senda, farta de romanços.

I dient allò, la infernal criatura va alçar la cua gegantina i la va deixar caure amb letal precisió sobre el petit monarca que l'emprenyava amb el martell vibrador. En un obrir i tancar d'ulls, sense poder esquivar la fuetada, el cos d'en Tòfol va desaparéixer esclafat davall tones i tones de dura roca. Els nans i la panderola, en contemplar l'espantosa mort del seu monarca, es van quedar tan astorats que no van tindre esma ni de plorar. El color va abandonar els seus rostres, els músculs se'ls engarrotaren i la sang se'ls va gelar. D'una revolada, d'un colp mortífer, havien perdut el seu líder, la fe en les seues capacitats i també l'esperança d'eixir vius d'aquella desigual confrontació.

XVIII

I la màgia va esclatar...

Al bell mig d'enlloc, davall el mar de boira espessa que cobria l'amagatall del rèptil més horripilant i mesquí del món, una vintena de nans i una panderola restaven literalment escagarrinats davant la imatge esfereïdora del cadàver del seu rei reduït a farinetes i sepultat davall una tona d'escombraries. Entre tremolors d'impotència i neguit, Mec i Nyec van decidir resignar-se al seu infaust destí i van abandonar les armes per a fondre's en una desesperada abraçada de consol.

—Açò és el final, Nyec —constatà el més valent dels dos.

—En efecte, Mec, açò és el final i ni serem feliços ni menjarem pastissos!

Mentre ambdós germans es donaven ànims per a acarar la inevitable mort que els esperava, la Bèstia Grisa s'erigia enfront d'ells i contemplava aquell gest tragicòmic amb magnànima altivesa. Els seus ullots titil·laven en la foscor, alimentats per l'odi profund que sentia envers aquells dos ridículs supervivents del poble que havia subjugat feia un segle. I mentre assaboria la imminent victòria, la bèstia remullava contínuament en saliva l'etèria llengua bífida.

—Oh, que tendre, quin gesst méss commovedor! Esstan a punt de ssaltar-me less llàgrimess... —els digué, plena de sarcasme—. Llàsstima que no ssàpia plorar! Esstúpidss camacurtss, de veress créieu que podríeu derrotar-me amb eixess armess obssoletess i amb la vosstra força de mossquitss? No heu arribat a fer-me ni una trissta ferida i no heu ssigut unss rivalss digness per alss meuss magníficss poderss. Tot i això, uss resservaré el mateix final que ha tingut el vosstre amic humà: el vosstre *Enviat*. Ha, ha, ha!

A continuació, la monstruosa serp va fer el tors una mica enrere i es preparà per a engolir-los tots dos alhora; ja res li impediria posar fi a aquells molestos nans rebels d'una volta per totes...

—Moriu, misserabless!

Aleshores, tot just en l'instant en què es disposava a caure violentament sobre els pobres camacurts amb la boca oberta de bat a bat, la colobra va sentir una fiblada roent en les entranyes que la va deixar mig atordida. Tot d'una, els seus ulls van anar perdent progressivament brillantor i ella va quedar totalment paralitzada, amb l'ànim contrariat i la mirada perduda en l'infinit. Un poder devastador la cremava per dins i li recorria el cos en tota la seua extensió; cada una de les seues fibres, per minúscula que fora, es retorcia turmentada per un dolor atroç i les seues escates s'esveraven d'una en una, colpejades per un corrent invisible de sofriment. Acte seguit, la pell començà a esmicolar-se a poc a poc i la seua terrorífica figura anà desfent-se pedra a pedra sense remissió, entre esgarrifances i estremiments agònics. La malèvola serp d'asfalt s'esfondrava sorollosament, com un castell d'arena devorat per les onades de vora mar...

—Nooooo! No éss posssible! —exclamava de manera quasi inaudible, mentre el rostre se li omplia de clevills i se li desfigurava vertiginosament.

Aquelles van ser les darreres paraules del megalòman rèptil que aspirava a sepultar el món davall el seu petri cos. Aquell fou el darrer alé de Senda la Grisa, la bèstia que governava despòticament Turons Ruïnosos i que tant de mal havia sembrat durant el seu llarg regnat de terror. En qüestió de pocs segons, acabà espedaçada i convertida en una muntanya d'enderrocs i, a la fi, només va quedar d'ella un gran cúmul de pedres polsegoses coronat pels dos robins refulgents que havien sigut els seus ulls.

Els pobladors del fem i la seua companya panderola observaren aquella inesperada solsida completament al·lucinats: no podien explicar-se com havien salvat la vida d'una manera tan sorprenent. Tots ells es fregaven els ulls sense donar crèdit a allò que veien, com si no fora real...

—Increïble, absolutament megasàuric!

—Demencial, tremendament pel·liculístic! —repetien consternats.

—Gwyl!

Què havia passat?

Quina havia sigut la causa d'aquella mort sorprenent?

La resposta havia sigut la mateixa durant tota la nit: la clau per a derrotar la Bèstia Grisa, la tenia des del principi l'adolescent que els fats els havien enviat des de Les Columnes que Sostenen el Cel; el pronòstic formulat un segle enrere pels seus ancestres s'havia complit i la profecia s'havia fet realitat.

Com?

Tot s'havia gestat uns quants minuts abans, dins el ventre de la diabòlica serp. Quan la fera havia envestit colèrica l'excavadora tripulada pels nans, la força del colp i la sorollosa explosió del vehicle havien despertat Cesc, que jeia inconscient al centre de l'estómac del monstre a punt de ser corroït pels sucs gàstrics. Llavors, el xicon es va adonar que tenia una oportunitat única d'atacar la criatura des de l'interior, un coratge inusitat es va apoderar del seu esperit i va comprendre que ell era realment l'escollit per a derrotar l'amenaça que pretenia destruir el món: ell era *l'Enviat* que havia de triomfar per damunt l'ambició i el formigó. Envalentit per aquest pressentiment, el jove començà a recórrer tortuosament les vísceres del temible rèptil fins que es va plantar just davant el negre cor enquitranat. I en el precís instant en què Senda la Grisa es preparava per donar el colp de gràcia als dos germans nans, Cesc va veure clar com posar fi per sempre a la seua tirania: guiat per una estranya intuïció sobrenatural, va traure la rosa marcida que encara traginava en la bossa de deixalles, la va empunyar i la va clavar per la tija al bell mig del pútrid òrgan que bategava davant seu. Llavors, es va desencadenar la força d'una incommensurable màgia arcana natural: la rosa va reverdir miraculosament i tota la cavitat es va omplir d'una radiant llum encegadora. A continuació, de la tija d'aquella portentosa flor començaren a brollar milers i milers d'arrels i de brots que s'estengueren a tota velocitat per tots els racons de les entranyes del monstre i que, al seu pas, penetraven en les cèl·lules i li provocaven un col·lapse mortal.

—Increïble! —exclamà el xicon, bocabadat, mentre tot s'omplia de roses multicolors al seu voltant.

Amb aquella proesa, Cesc va sacrificar la darrera de les seues deixalles per lliurar el món d'un futur funest i gris. Però, de resultes d'aquella valerosa acció, el jove s'havia quedat sense cap fem per a tirar i —tal com havia augurat la docta Kqua—, ja no podria retornar mai a casa.

XIX

Una república per als nans

Quan el vent dispersà les últimes partícules de polseguera, els nans rebels van observar que alguna cosa es movia entre els enderrocs i, per alguns segons, van témer que la Bèstia Grisa estiguera ressuscitant. Però, abans que la por tornara a apoderar-se dels seus ànims, van advertir que allò que es bellugava davall el rocam era el seu amic humà, que tractava d'eixir a la superfície entre estossecs.

—És *l'Enviat* —cridaren plens d'alegria—, està viu!

—Gwfsc! —exclamà també Cuca.

Ràpidament, els nans fematers i el diminut insecte s'aproparen al punt exacte on l'havien vist i començaren a retirar quilos i quilos de pedres de damunt seu, fins que van aconseguir extraure el seu cos malferit de davall aquella rocosa sepultura. El jove es trobava molt afeblit i semblava un espantall: anava ple de runa i arrapat de dalt a baix, les seues robes estaven completament esgarrades i, si no fora perquè no tenia barba, qualsevol que l'haguera vist l'hauria confós fàcilment amb un altre nan llardós. En traure'l del pedregar, els seus rescatadors li van restablir la salut donant-li beure una poció a base d'ingredients poc convencionals —vòmits de rata, baves d'aranya i pèls de cuc— i, per segona vegada en aquella estranya nit, Cesc va despertar d'un esvaniment amb l'esperpèntica visió d'aquells petits éssers estrafolaris amuntegant-se al seu voltant.

—On estic? Què ha passat amb la Bèstia? Està morta? —els demanà, tossint.

—Mira-te'l, que desagraït: el rescatem i ni ens dona les gràcies! —protestà, jovialment, Mec.

—Desagraït i pocavergonya! —corroborà el seu germà, seguint-li el joc.

Cesc va somriure dolçament; encara que foren uns poca-soltes, aquells dos camacurts l'havien rescatat i, a pesar de les seues excentricitats, havia començat a entendre'ls i a estimar-se'ls.

—Com et trobes, xiquet, estàs bé?

—Estic bé, dins el que cap, gràcies —replicà ell—. Em sent com si un tren m'haguera passat per damunt, però m'alegra retrobar-vos. On us heu ficat tot aquest temps? En entrar a Turons Ruïnosos us he buscat pertot arreu...

—Estàvem arreplegant tresors, alliberant alguns dels nostres germans i armant-nos per a la batalla —li respongueren, al temps que li assenyalaven les restes de la retroexcavadora i del martell hidràulic.

—T'hem perdut de vista només un segon i ja no estaves... —barbotejà Mec, a tall de disculpa.

—Potser ens hem encantat una miqueta massa contemplant les riqueses de la nostra antiga terra —admeté Nyec—, però és que feia cent anys que no hi tornàvem! I, de tota manera, estàvem segurs que al final acabaríem coincidint de nou...

—Bé, no passa res —els digué l'adolescent, frenant aquell seguit d'excuses—. El que importa és que ens hem tornat a ajuntar i que Senda la Grisa ha sigut derrotada. Al final teníeu raó i la vostra vella profecia s'ha complit: he pogut véncer el monstre que atemoria el vostre regne i que amenaçava el món sencer. Però no ho he fet emprant la força, sinó amb la màgia: li he plantat una flor pansida al bell mig del cor i, de sobte, tot l'asfalt del seu cos ha començat a clevillar-se i a caure a trossos...

—Sabíem que ho aconseguiries! —el va felicitar Nyec—. No hem dubtat de tu ni per un instant! I ara, per fi, Turons Ruïnosos tornarà a mans dels seus legítims habitants. I tot gràcies a tu...

—Visca *l'Enviat*! —clamà Mec.

—Llarga vida al nostre heroi llibertador! —corejaren la resta de nans.

—I on s'ha ficat en Tòfol? —s'estranyà Cesc—. Vull donar-li l'enhorabona...

D'immediat, l'expressió joiosa dels camacurts es va transmutar en un gest de dol.

—Ha passat una gran tragèdia...

—Una tragèdia molt tràgica...

—Una desgràcia del tot desgraciada.

—Una catàstrofe catastròfica: el nostre rei ha mort combatent la Bèstia.

—Mort? —els ulls de Cesc s'amararen de profunda tristor en comprendre que no tornaria a gaudir mai de la seua entranyable companyia ni a escoltar els seus destarifats discursos marcials—. Què ha passat?

—Sa Majestat ha volgut enfrontar-se amb la Reina Grisa cara a cara, com un autèntic guerrer valerós —li aclarí Nyec—, i el monstre l'ha esclafat amb la cua. Ho hem provat de totes les maneres, però no hem pogut fer res per salvar-li la vida.

—Descanse en pau —sentencià Mec, amb gest solemne i compungit.

Cesc no ho va poder evitar i va trencar a plorar desfermat. El jove no havia perdut mai cap persona propera i, afortunadament, els seus iaios paterns i materns encara continuaven vius. Aquell era el primer conegut seu que faltava. El buit que sentia per l'absència sobtada del rei nan era com un abisme insondable que li cremava les entranyes i li corcava l'ànima. El dolor roent no parava d'augmentar dins el seu pit i la perplexitat davant l'absurd de la mort l'aclaparava de manera vertiginosa.

—Potser, si m'haguera afanyat més a derrotar la maleïda serp, en Tòfol encara estaria entre nosaltres! —es lamentà el jove, entre somicons incontrolables—. Em sap tan greu, ha sigut tot culpa meua...

—No et turmentes, amic, tu no tens culpa de res —el consolaren els nans supervivents—. El nostre monarca ha faltat dignament conduint-nos cap a la llibertat i la seua mort no ha resultat inútil. En el futur, en Tòfol Trapatroles serà recordat com el més intrèpid dels sobirans del poble dels nans fematers i, a cada plaça del nostre país, una bonica estàtua rememorarà el seu valent sacrifici.

—I ara, què fareu? —preguntà el xic, encara afligit—. Qui governarà el vostre poble a partir d'ara? No començareu a barallar-vos de nou per decidir qui ha de ser el legítim successor al tron, veritat?

Nyec va riure amargament aquella ocurrència i, de seguida, li contestà:

—Ho hem estat enraonant mentre et tréiem de davall les pedres i, com que en Tòfol no tenia descendents, se suposa que la corona reial em pertoca a mi pel fet d'ostentar el títol nobiliari més important del regne i haver sigut nomenat Gran Duc del Tros Indeterminat pel difunt rei. Però, si et som sincers, els nans del fem ja estem molt farts de monarquies i de títols nobiliaris: volem una *nanocràcia* plena i que siga el poble qui trie tots els seus governants sense que ningú no ocupe cap càrrec per herència. Així doncs, quan arriben al regne la resta de nans exiliats i alliberem els nostres compatriotes esclaus, instaurarem una república i convocarem eleccions lliures per a escollir els membres del parlament que ens representaran durant els pròxims quatre anys i un president o presidenta que ens lidere. Et sembla bona idea?

L'adolescent va assentir. Allò era una excel·lent manera de començar de nou després de tant de temps de misèria i tirania. Amb la república, els nans del fem tindrien més oportunitats de practicar la igualtat i de posar en marxa l'anhelada *nanocràcia*. Fins i tot el difunt monarca hauria estat d'acord amb aquella iniciativa...

—Tenim clars els passos que cal seguir —continuà explicant el nan—: ara hem de convocar tots els nostres germans perquè tornen a Turons Ruïnosos i perquè, entre tots, expulsem els esbirros de la nostra terra. Després, soterrarem en Tòfol i li farem un funeral d'estat amb la màxima solemnitat. Però, abans de tot això —va afegir—, hem de respectar l'última condició de la profecia i ajudar-te a tornar a casa.

—Com? —s'alterà Cesc—. La meua bossa de fems està completament buida, els esclaus de la Bèstia m'han furtat quasi tot el que duia i l'última despulla que em restava, una rosa mústia, l'he haguda de sacrificar per a véncer el monstre. Segons l'advertència de l'Oracle Insidiós, ja mai no podré tornar al meu món!

—Bah, no et preocupes per això! —l'intentà tranquil·litzar Nyec, llevant importància al fatídic vaticini de la Dama del Llac Fangós—. Si les prediccions de l'oratge es poden equivocar contínuament, la Gran Kqua també podria haver errat els seus pronòstics.

—Exacte —reblà Mec—, ningú és cent per cent infal·lible. I, a més a més, a tu encara et queda el saquet on duies els residus, no?

—Sí, és clar, ací el tinc.

—Llavors, tècnicament, encara no t'has desfet de tot el fem.

—En efecte, encara hi ha esperança.

Potser els nans tenien raó i la bossa també hi comptava, però el jove no entenia on volien arribar ni què pretenien que fera exactament amb aquell contrafet bolic de plàstic brut.

—Què voleu dir? —inquirí.

—Tenim una idea.

—Una idea molt ideal.

—Quina idea?

—Coneixem un mitjà de transport que et pot portar de tornada a la ciutat —li respongué Mec.

—No és molt convencional, això sí, però estem quasi segurs que funcionarà. Nosaltres, a voltes, l'utilitzem —comentà Nyec—; quan no ens queda més remei...

—Ah, sí? I de què es tracta?

Cesc estava d'allò més intrigat.

—És una sorpresa, ja ho entendràs quan el veges.

—El que has de fer és agafar un dels ulls de la serp i emportar-te'l amb tu. Així, si per casualitat et tornes a trobar amb els esbirros de la Bèstia Grisa, o amb els ogres de cap rapat, i veuen que tu l'has morta, no s'atreviran a tocar-te ni un pèl. A més a més, la guia del videojoc especifica que no es pot escapar del Temple de la Desesperació sense agafar-ne almenys un, perquè és necessari per a la prova final.

Al temps que li deien allò, els nans li passaren un dels dos robins rutilants que havien pertangut a la difunta Senda i li l'oferiren com a recompensa per haver-la derrotada.

—Moltes gràcies —els agraí Cesc—, però encara no m'heu explicat...

—Ni peròs ni peres, hem de posar-nos en marxa ara mateix!

XX

El retorn vertiginós

Amb mil dubtes ballant-li al cap, el jove es va posar de nou en marxa i va seguir, quasi per inèrcia, els extravagants pobladors de les deixalles entre la densa boscúria que envoltava la seua ciutat pel sud-oest. Cuca encapçalava la comitiva i, de tant en tant, mamprenia breus vols de reconeixement i s'avançava una mica per assegurar-se que no els aguardava cap perill a les rodalies. Al cap d'un parell de quilòmetres, xino-xano i sense patir cap sobresalt, tots quatre van arribar a un recòndit racó d'allò més extraordinari: una fabulosa arbreda tota sembrada de fanals.

—Meravellós! —exclamà Cesc, absolutament embadalit, en contemplar tota aquella impressionant lluminària.

Aquell lloc, com la majoria de paratges que el xicon havia recorregut aquella estranya nit, no era normal en absolut: es tractava d'un increïble bosc refulgent, conformat per milers d'arbres lluminosos que eren bressolats pel plàcid fluir d'un invisible corrent elèctric. Dispersos ací i allà, petits trossos de terra plens de bombetes amuntegades constituïen un boscatge espés d'arbustos i matolls. Arreu del terra, grupuscles de focus al·lògens ovals s'apilonaven en desordre formant-hi atapeïdes rogla des de bolets lluents. De banda a banda, fràgils tubs de neó de tots els colors de l'arc de Sant Martí constituïen el brancam iridescent de la diamantina vegetació que perfilava l'arbreda. Pertot, tropells de lluernes dansaires revolaven alegres entre el fullam fluorescent. I, davall els peus, una delicada catifa de pols cristal·lina indicava l'avançat estat de la tardor en aquell sorprenent forest fulgurant.

—Hi hem arribat —anuncià Nyec—. A partir d'ací, hauràs de fer tot sol la resta del camí.

—Sí —afegí Mec—, però no penses que açò és un comiat, perquè no ho és en absolut. Gràcies a tu hem recuperat la nostra llar ancestral i, si alguna vegada ens necessites, saps bé on trobar-nos: estarem a Turons Ruïnosos treballant de valent per construir-hi una pròspera república.

—I no penseu revelar-me com tornaré a la ciutat? Per què tanta intriga?

—Fas massa preguntes, Cesc! —el bonegà el més jove dels nans, rialler—. No sé si te n'has adonat, estimat, però només fas que preguntar a tothora «per què açò» i «per què allò altre» i «per què sí» o «per què no». A hores d'ara, ja hauries d'haver aprés a confiar una mica més en nosaltres i, sobretot, a confiar cegament en els designis de la màgia...

—Exacte! —reafirmà Mec—. Una misteriosa força t'ha arrossegat aquesta nit fins al nostre món i l'única manera que tens de tornar al teu és deixar-te endur per aquest mateix poder sobrenatural i seguir els seus camins, per molt enrevessats que et semblen. Deixa de qüestionar-ho tot contínuament. Tu, simplement, adreça't cap a la clariana que s'obri al centre d'aquest Bosc Lluminós i, allà, hi trobaràs respostes.

—D'acord —acceptà l'adolescent, gens convençut, però mirant de dissimular la inquietud que encara sentia—, faré el que em dieu i em deixaré guiar pel meu destí, siga quin siga. Gràcies per tot, no sé com m'ho hauria fet sense la vostra ajuda.

És cert que sou molt estrafolaris i que esteu molt tronats, però m'alegre d'haver-vos conegut, d'haver-vos servit i de tindre-vos com a amics.

Dient allò i vessant-hi un riu de llàgrimes, el xicon es va acostar a ells i els va fer una tendra abraçada de comiat.

—Vinga, Cesc, ara no et poses cursi —els nans intentaven fingir indiferència, però també tenien els ulls del tot amerats.

—Prompte estaràs descansant al teu confortable llit i t'oblidaràs per sempre de nosaltres, de la nostra pudor i de les nostres cares lletges.

—No ho faré, no us oblidaré mai!

Com podria fer-ho?

—Gwfeu, Gwfsc! —s'acomiadà, finalment, la panderola.

—Adeu, Cuca, i gràcies a tu també. Cuida't molt i cuida els nans!

Llavors, mentre els camacurts i el prodigiós insecte giraven cua i s'allunyaven d'allà, el xicon s'endinsà en l'acolorida frondositat boscosa i avançà, enlluernat, fins a l'ampla clariana que s'obria al centre d'aquell impressionant esclat de llums elèctrics.

Al bell mig d'aquell descampat s'erigia, per a sorpresa de l'adolescent, un descomunal parc d'atraccions. Allò no tenia ni cap ni peus tampoc. Cesc era incapaç d'imaginar quina classe de mitjà de transport el podia esperar en aquell lloc. No obstant això, els nans li havien indicat que era allà on havia d'anar i ell no s'ho va pensar dues vegades i va accedir al recinte per l'entrada principal. Una vegada dins, esbalaït, va descobrir que una majestuosa estrella esfèrica surava sobre el cim més elevat de les muntanyes russes centrals i que, penjant de dos dels seus rajos d'argent, una gràcil trapezista es balancejava, sinuosa, i executava una hipnòtica dansa a contrallum. Admirant aquelles acrobàcies aèries, el jove es va sentir profundament extasiat i, quan la funambulista acabà l'exercici i aterrà al seu costat, no pogué evitar-ho i li dedicà un enfervorit aplaudiment.

—Bravo! —cridà.

—*Grazie mille*, gràcies —li va dir la bella atleta, dedicant-li una reverència.

El rostre de Cesc es tornà roig davall la mirada d'aquella dona.

—*Ciao, ragazzo!* Es pot saber d'on ixes tu? —li preguntà ella, acostant-se a ell amb simpatia i parlant-li amb marcat accent italià.

—Estic tota la nit perdut i uns nans amics meus m'han dit que ací trobaria un mitjà de transport per a tornar a casa...

—*Oh, povero!* —es va afligir l'equilibrista—.

 Ma quì non c'è nessun trasporto...

—Com? —va demanar ell, consternat davant tan forasteres paraules.

—*Non* hi ha cap transport ací, açò és una *fiera*: una fira. Qui són eixos *nani* amics teus?

Cesc li va referir tot el que li havia succeït des que havia baixat per l'ascensor de casa fins al moment en què l'havia trobada a ella fent poètiques contorsions penjada dels rajos d'un estel.

—*Dai* —va fer l'acròbata, abraçant-lo tendrament—, *non* et preocupes ja més, la meua família i jo *ti* ajudarem a *tornare* a casa *tua*. *Ma* digues, *bello*: com et diuen?

—Cesc.

—*Un nome molto carino. Non* et mogues, Cesc, que de seguida vinc *per te*...

L'adolescent va assentir un pèl confús, mentre la dona desapareixia entre les atraccions i ell restava tot sol a l'entrada del parc, admirant el grandiós estel que il·luminava el lloc i cavil·lant sobre el nou gir que prenien els esdeveniments. Però, no va tindre temps de cavil·lar-hi massa: de sobte, un estrepitós bullici el va fer oblidar totes les cabòries i, a rengló seguit, un senyor de bigot retorçut i engalanada casaca roja, il·luminat per un potent focus zenital, començà a presentar un singular espectacle:

—*Signore e signori!* Dames *e* cavallers! Xiquets *e* xiquetes! *Bambini e bambine! La fiera della Farandola* es complau a presentar-los el fantàstic espectacle del *ritorno* de Cesc: *il ragazzo perduto. Bravo, bravìssimo!*

Davant la seua atònita mirada, una frenètica pantomima estava a punt de ser representada i ell, a contracor, en seria el protagonista principal. Sense donar-li temps d'assimilar què passava, per totes bandes començaren a aparéixer els integrants d'aquella misteriosa fira ambulant i s'apinyaren al voltant seu.

—Escolta'm bé, *ragazzo* —li va dir afectuosament la trapezista, situant-se de nou al seu costat—, t'ajudarem a tornar a casa, però has de ser un *ragazzo* valent. Ets un *ragazzo* valent?

—Més o menys... —va murmurar ell, insegur.

—«Més o menys» no val. Ets o no ets un *ragazzo* valent?

—Sí... Supose que sí.

—Ho suposes o ho ets?

—Ho soc, ho soc: soc un *ragazzo* valent!

—*Allora ritornerai!* —exclamà tot el personal a una sola veu.

Llavors, un dels firaires va engegar les muntanyes russes i el va convidar a pujar a un dels vagons. Cesc contemplà l'escena intrigat, però el seu semblant de seguida es va tornar blanc de terror en adonar-se que el recorregut de l'atracció es tallava abruptament just al final de la pujada més pronunciada i que el tram final dels rails apuntava directament cap a la immensitat del cel...

—El mitjà de transport... —va mussitar, entre dents.

—Ara, et fiques dins el *vagone* i nosaltres et dispararem *finno* la finestra de *casa tua. Capisci*? —li explicà el mestre de cerimònies—. On vius?

El jove vacil·là alguns segons. Si no ho havia entés malament, els seus pitjors temors s'acabaven de confirmar i aquella excèntrica gent pretenia enviar-lo cap a casa volant a bord d'aquella vagoneta cromada. Neguitós, els va contestar:

—Visc al carrer de l'Esperança número vint-i-dos. Però... de veres voleu que em munte ací?

La trapezista, notant el seu malestar, hi va intervindre:

—*Non* tingues por, Cesc, jo et promet que res mal *ti succederà*. Puja amb açò posat al cap i *non ti preocupare* per la caiguda —dient-li allò, la xica li va passar un casc d'astronauta—. Puja-hi, *caro mio*, els estels guiaran el *tuo* vol!

L'enigmàtica acròbata li inspirava plena confiança i, d'alguna manera, Cesc intuïa que —per molt absurda que li semblara— aquella era l'única via efectiva de tornada cap al seu món. De fet, pensant-ho bé, no li quedava més remei que posar-se definitivament en mans de la màgia i deixar-se endur per la retorçuda lògica de la fantasia. Aterrit, el jove es va ajustar el casc, va seure al vagó i es va cordar l'arnés de seguretat.

—*Dai, fidati!*

El xicon va adreçar una última mirada a aquella estranya família de firaires abans que el propietari de l'atracció accionara una palanca del panell de control i que el vagó es posara en marxa amb un sotrac estrepitós. A poc a poc, el carretó va anar accelerant i va començar a recórrer el traçat de les muntanyes russes; de primer, suaument i, després, a ritme frenètic. A cada nova pujada i baixada, el vehicle s'anava embalant més i més fins que, a partir de l'últim descens, va assolir una velocitat de vertigen i totes les juntes es van posar a carrisquejar amb fúria. Al seu seient, el jove també tremolava com un flam de cap a peus i no podia ofegar el continu crit d'espant que li brollava de la gola. Finalment, aquell mitjà de transport —gens convencional— va assolir la cúspide de l'atracció i, en acabar-se els rails per on circulaven les rodetes, es va enlairar i va començar sobrevolar el firmament com un cometa platejat.

XXI

L’ensenyança

Mentre la majoria d’habitants de la seua ciutat roncaven, dormien i somiaven, Cesc sobrevolava el cel nocturn de la metròpoli a bord d’un vagó d’atracció de fira i travessava rabent un paisatge que —vist des de la seua privilegiada perspectiva zenital— semblava un enrevessat laberint sense ordre ni composició. Els carrers n’eren els corredors imbricats i els edificis, murs inexpugnables; el conjunt, un immens dèdal inabastable.

El trajecte, però, no estava resultant gens plàcid. I menys encara quan, a poc a poc, el petit objecte volador va anar perdent espenta i altitud i va començar a caure en picat a tota velocitat:

—Uaaaaaaaaah! Merda! Merda! Merda! —cridava el jove sense parar.

Els firaires havien errat el blanc i, en lloc de volar directament cap a la seua habitació, com ell s'esperava, el xicon i el seu vehicle es precipitaven en caiguda lliure. Llavors, per a acabar d'empitjorar la situació, la vagoneta es va volatilitzar per art de màgia i va desaparéixer de sobte davall els seus peus i al seu voltant. Cesc queia al buit sense remissió, a pèl, sense més protecció que un ridícul casc d'astronauta i sense que els patètics escarafalls que articulava desesperadament amb els braços —tot intentant imitar les ales d'un ocell— serviren absolutament de res.

Tota la seua vida li va passar per davant els ulls tancats en un instant.

Tanmateix, per fortuna —o tal volta per casualitat—, el seu aterratge no va resultar tan greu com s'esperava i, finalment, el jove es va estavellar sobre un carro de la compra carregat de bosses plenes de roba bruta que algú havia deixat abandonat al fons d'un carreró. Aquell tou matalàs pudent va evitar l'efecte mortal de la trompada...

—Uf, ha anat d'un pèl! —exclamà, adolorit, mentre mirava d'incorporar-se entre aquell caòtic maremàgnum de sacs de plàstic i de teles mostoses—. Està vist que hui és el meu dia de sort: només faig que rebolcar-me a tothora entre porqueries. Si aconseguisc tornar a casa, el primer que faré serà passar per la dutxa!

Llavors, l'adolescent es va fixar en l'alçada i en l'arquitectura dels edificis que l'envoltaven i va deduir que aquell no era el seu barri i que no tenia ni idea d'on es trobava. Aquell fet el va inquietar de nou: el seu rocambolesc pelegrinatge d'aquella nit semblava no acabar mai i ja se li estava fent massa llarg. Decidit a posar-li fi d'una vegada per totes, es va llevar el casc d'astronauta, el va deixar entre els embalums sobre els quals havia aterrat i, tot seguit, es va encaminar cap a l'eixida del calamitós atzucac on havia anat a parar.

—On carall estic? —es preguntà.

—Ei, jove, què em dius, m'ajudes a alçar-me? —una veu ronca i fatigada va interrompre les seues reflexions.

La veu, afable i de marcat accent estranger, provenia d'un subjecte corpulent que, estirat davall un caramull de mantes llardoses i de caixes de cartó al costat del carro, estenia cap al jove les seues enormes mans.

Sense pensar-s'ho dues vegades, Cesc li les agafà.

—Gràcies, amic. El fred de la nit i la rosada se'm calen dins els ossos i cada dia em costa més alçar-me.

—Qui ets? —s'interessà l'adolescent.

—Soc un rodamon.

—Un rodamon?

—Rodamon, indigent, refugiat, immigrant, cap-

taire, bard urbà, esperit errant... Digues-li com vulgues. Viatge d'ací cap allà amb els estels per llum, les places per llit i les voreres per coixí. Vaig vindre fa uns quants anys, des de molt lluny, amb l'esperança de trobar un futur millor i encara continue buscant un present digne. Hui en una ciutat i demà en una altra, sobrevisc venent algunes bagatel·les, tocant música i acceptant tot allò que la gent em dona amablement.

—Ho sent —va comentar el xicon, apesarat—: jo no tinc res per a donar-te.

—No importa —li agraí l'indigent—, un gest amistós i un poc de conversa sincera de vegades és més que suficient. La gent sovint, quan ens troba, ens gira la cara, ens ignora, o directament ens defuig. Tu no ho has fet.

El xicon se'l mirà atentament: aquell home vestia uns pantalons de pana fets uns parracs, cobria el cos amb un abric de llana tot apedaçat i, al cap, lluïa un cridaner barret de pelfa amb orelleres. Tenia els cabells espessos i ondulats de color gris, el front ple d'arrugues i el rostre cobert per una llarga barba blanquinosa. Però el més curiós de tot era que, d'alguna manera, el seu aspecte recordava al dels nans del fem. I, també com la d'ells, la seua mirada pareixia perduda en un temps i en un espai remots.

—Com et diuen? —va inquirir el jove.

—Soc anònim: el meu nom fa tants anys que ningú no el pronuncia com cal, que me n'he arribat a oblidar. Però conta'm, amic meu: què fas tot sol pels carrers a aquestes hores? No és massa tard per a un xic de la teua edat?

—No t'ho creuràs —li explicà Cesc—, però no sé ni quina hora és ni on estic. El rellotge del meu mòbil marca mitjanit i un segon des que he eixit de casa i se n'ha anat la llum mentre baixava en l'ascensor. I d'això ja fa una bona estona! Havia baixat a tirar el fem, però es veu que he patit un desajust dimensional i he començat a viure tot tipus de situacions estrambòtiques.

—Quina classe de situacions?

—Tampoc no t'ho creuràs: tan bon punt he eixit del portal de casa, el meu carrer s'havia transformat en un racó desconegut, i una paperera que parlava m'ha dit que havia anat a parar a un tram deforme de la realitat i que tot formava part d'un enigmàtic pla misteriós. Després, m'han atacat uns ogres horripilants que m'han apallissat i que han estat a punt de devorar-me. També m'he trobat uns nans estrafolaris que deien que jo era *l'Enviat* que salvaria el seu regne i que m'han portat a visitar un oracle que resulta que era una enorme granota groga que vivia a les clavegueres i que assegurava que era capaç d'endevinar el futur llegint les caques i els residus. Per recomanació seua, m'he hagut d'enfrontar amb una serp enorme amb la pell d'asfalt que s'anomenava la Bèstia Grisa i que governava l'abocador municipal i liderava un exèrcit d'homes ambiciosos i despietats. Al remat, els propietaris d'un parc d'atraccions que hi havia al mig d'un bosc màgic m'han enviat volant fins ací a bord d'un vagó de muntanyes russes.

—Caram!

—I d'aquesta mena, una darrere de l'altra, m'han anat succeint mil peripècies del tot inversemblants;

com si fora el protagonista d'un relat de fantasia, però sense trellat ni forrellat.

—Mmm, el que em contes és realment difícil de creure —afirmà el rodamon—, però de vegades a la gent més normal li passen coses del tot extraordinàries sense cap explicació aparent.

—Ja ho crec!

—Siga com siga, no et preocupes per arribar a ta casa: jo em conec com el palmell de la mà cada racó d'aquesta ciutat i et puc guiar fins allà on tu vulgues.

—No sé jo... —el va contradir Cesc, desanimat—. Crec que si encara no he aconseguit tornar, és perquè havia de desfer-me de les meues deixalles i ja no ho puc fer de cap de les maneres, perquè la meitat les he regalades i l'altra meitat me les han furtades; només em queda la bossa buida on les duia.

—Me l'ensenyes?

El jove va dubtar alguns instants davant aquella estranya petició, però finalment la va traure, feta una bola, d'una de les butxaques del seu xandall i li la va mostrar.

—Aquesta bossa està completament buida, no?

—Sí, així és: buida del tot.

—I dius que era un requisit indispensable, per a poder tornar a ta casa, que la bossa estiguera plena de fems que tu pogueres tirar, correcte?

—Correcte —ratificà el xic, sense entendre ben bé per què li feia reiterar totes aquelles obvietats.

—Doncs vet ací que jo la veig plena —li va dir,

convençut, el rodamon.

—Plena!? —qüestionà l'adolescent, incrèdul.

—En efecte, xicon, plena de residus per a desterrar, plena amb tot allò que al llarg de la nit s'hi ha anat acumulant dins: certa ignorància, certs prejudicis i certes actituds d'allò més miserables.

—No t'entenc. Què vols dir?

El foraster agafà la bossa buida entre les mans rugoses i, de sobte, el plàstic començà a unflar-se i a omplir-se de fem com per art de màgia.

—Vet ací que, dins la teua bossa, jo hi veig: la intolerància violenta de la gent xenòfoba, la supèrbia dels doctes guardians de supersticions, les mentides brutes que ens destrueixen a poc a poc, la inhumanitat dels espectres consumistes i possessius, la insostenible fúria devastadora i l'ambició desmesurada de la Bèstia Grisa, la discriminació tirànica que s'estén sobre els menys afortunats i, per descomptat, també hi ha la il·lusòria satisfacció dels qui pretenen que el món canvie sense fer res per canviar-lo.

Cesc es va sentir al·ludit per aquell darrer comentari.

—Jo diria que aquest fem embruta més que cap altre —conclogué el captaire.

Dient allò, l'home li va allargar de nou la bossa, que tornava a estar plena a vessar d'escombraries, i hi va afegir:

—Creus que has aprés alguna cosa de profit aquesta nit, amic meu?

Cesc es va parar a meditar bé la resposta abans d'exposar-li-la. Després del portentós prodigi que acabava de presenciar, intuïa que aquell rodamon era molt més que un simple rodamon i que allò era una altra prova —potser la definitiva— que hauria de superar aquella nit.

—Jo diria que he aprés que tot té una cara i una creu —va contestar, finalment—, que hi ha molts mals ocults a la ciutat i que tots podem ser herois i sentir-nos especials si ajudem a qui ens necessita.

—Molt bé! I has arribat a deduir per què t'ha passat tot el que t'ha passat?

—D'això, no n'estic massa segur... —respongué el jove, amb sinceritat.

—Jo t'ho explicaré: tu no t'havies estat preguntant, aquest divendres mentre feies els deures de Socials, per què el món funciona tan malament

i per què ningú no sembla disposat a posar-hi remei?

El xicon va assentir, totalment descol·locat.

Com sabia ell això???

—Doncs bé —prosseguí l'immigrant—, la resposta l'has duta amb tu tota la nit, dins la bossa d'escombraries: el món funciona tan malament perquè la majoria de la gent procura més pel seu propi bé que pel benestar comú. A ta casa, per exemple, barregeu tot tipus de residus sense mirament i no us pareu a pensar que un esforç tan simple com separar les deixalles per a reciclar-les pot ajudar a fer del planeta un lloc més net i saludable. No podem preguntar-nos per què va tot malament, si al mateix temps no ens preguntem què podem fer nosaltres per a millorar alguna cosa. Fa segles, un filòsof va dir: «perquè el Mal triomfe, només cal que la bona gent no hi faça res». La solució als teus problemes, l'has tinguda tot el temps i continues tenint-la a les teues mans, però l'havies de descobrir tu tot sol...

Cesc restà al·lucinat davant aquelles paraules: no podia creure's que la raó del seu insòlit periple fora tan evident. Tal com li havia explicat la solitària paperera del carreró al principi del seu viatge, havia anat a parar a aquell delirant món paral·lel perquè havia formulat un desig amb força —volia que el món fora un lloc millor— i perquè havia d'aprendre una lliçó important —havia d'aprendre que la solució als grans problemes comença també pels xicotets gestos—. Tot quadrava i tot tenia una lògica inqüestionable, una lògica retorçuda però lògica al capdavall.

Mentre l'adolescent païa tot allò, l'indigent s'havia posat a plegar les mantes i els cartons del terra, ho havia depositat tot amb cura dins el carro de la compra i havia començat a espentar les seues escasses pertinences cap a l'eixida del carreró.

—Bé, amic, ja va sent hora de tornar a casa. No trobes?

XXII

La prova final

Capficats en un profund silenci, Cesc i el seu enigmàtic company van anar recorrent tira-tira avingudes solitàries i placetes adormissades fins que, al cap d'una bona estona de camejar, arribaren a la vora del riu que dividia en dues parts la ciutat i s'aturaren davant un pont de pedra que el creuava. A l'altra banda, segons assegurava el rodamon, l'esperava la normalitat: la realitat tornaria a resseguir el seu curs habitual i desapareixerien per sempre més el mur fronterer que envoltava el seu edifici, les papereres parladores, els nans pudents, els espectres avariciosos i els monstres despietats. De fet, com a prova del canvi que ja es pressentia en l'ambient, la misteriosa boira que havia estat entelant el paisatge durant tota la nit començava també a dissipar-se. L'aventura onírica del jove tocava port després d'una llarga i agitada travessia.

La càlida mirada de l'home que arrossegava el carret de la compra al seu costat li transmetia la certesa que tot es resoldria favorablement. El que preocupava aleshores la ment fantasiosa de l'adolescent era com s'haurien pres els seus progenitors la seua prolongada absència. Coneixent-los, estava segur que son pare ja devia haver telefonat a la policia, els bombers, el Ministeri de Defensa i, fins i tot, l'FBI. El pobre home devia haver remogut cel i terra i devia haver despertat les mares i els pares de totes les seues amistats, interrogat tots els seus familiars i organitzat una patrulla veïnal per mirar de buscar-lo. Sa mare devia estar histèrica intentant calmar son pare i, pam dalt pam baix, es devia haver pres dos litres d'infusió de camamil·la. Quan el veren entrar per la porta de casa fet un nyap, podia passar de tot. I el pitjor és que mai no podria explicar-los el que realment havia viscut, perquè si ho feia l'enviarien directe a la consulta del psicòleg.

Cesc meditava aquestes qüestions mentre el seu guia i ell esperaven que el semàfor del pas de vianants que portava al pont els mostrara el ninotet verd. Llavors, tot just quan la llum roja començava a pampalluguejar, el xic va reconéixer un retruny familiar ressonant ben prop i els cabells se li van eriçar de mala manera...

—Els ogres! —escridassà, espaordit.

Efectivament, el ressò atuïdor que escoltaven era de nou el bum-bum, la dansa de guerra d'aquells monstres descervellats. D'immediat, ràpids com un llamp, un grup de quatre joves amb el cap rapat van baixar enfurismats d'un cotxe proper i es van llançar contra ells vociferant:

—A l'immigrant, camarades, que no se'ns escape!

—Donem-los, a ell i al seu amiguet, el tracte que es mereixen!

Els quatre anaven armats amb pals i navalles i no feien traça d'estar disposats a mostrar-hi cap compassió. Però, alguna cosa havia canviat: aquells no eren els monstres deformes i berrugosos que el xicon s'havia trobat al principi de la nit, sinó humans de mitjana edat, energúmens del món real que ara, en aquell territori de frontera, es mesclava amb el de fantasia. Fora com fora, Cesc ja havia experimentat aquella nit el seu tracte brutal i, per la tremolor del rostre, semblava que el refugiat també coneixia de primera mà els seus mètodes poc polits i el seu odi visceral. Novament, la por va sacsejar l'esperit del xicon i li va entretallar la respiració. I el seu company encara estava més aterrit que ell: l'indigent havia empal·lidit a marxes forçades i panteixava com un corder que espera torn a l'escorxador.

—Ves-te'n, Cesc, fuig d'aquests animals i no patisques per mi! —li va dir, al temps que li assenyalava el pas de vianants—. Travessa el pont i torna a casa!

El jove va dubtar alguns segons, va guaitar la seua via d'escapada i, després, va mirar el rostre acovardit del captaire davant la perspectiva de rebre una imminent pallissa. No podia abandonar-lo així...

—No! —va dir, resolt. I va decidir romandre al seu costat.

En aquell moment, els quatre cap rapats es van plantar damunt seu, els van rodejar i van brandar contra ells el fil esmolat de les seues armes.

—Preparеu-vos per a morir!

—Escòria il·legal, t'ho hauries d'haver pensat millor abans d'haver vingut a envair el nostre país i a furtar-nos el treball.

—Ara sabràs quin destí els espera a les rates com tu!

—I a tu, nano traïdor, et passarà el mateix per ajudar aquest foraster pollós!

La situació era realment desesperada i angoixant. Per sort, just aleshores, l'adolescent va recordar l'obsequi dels nans...

—Arrere, no feu ni un pas més o us en penedireu! —va cridar, enrabiat, al temps que els mostrava l'ull rutilant de la Bèstia Grisa que acabava de traure's de la butxaca de la dessuadora—. És que no sabeu divertir-vos d'una altra manera millor, maleïts vàndals estúpids? Nosaltres no us hem fet res, deixeu-nos en pau!

Mentre deia allò, l'ull mort de la serp començà a il·luminar-se a la mà i a emetre espurnes d'un intens color roig viu. D'immediat, l'encís hipnòtic d'aquella gemma va fer efecte: els quatre caps rapats van quedar atònits davant la visió de l'objecte refulgent i van deixar caure les armes a l'instant. La pedra radiant els havia atrapat amb la seua poderosa màgia i els quatre brètols havien quedat paralitzats, admirant-ne els fulgors com uns autèntics babaus.

En captar la portentosa bruixeria d'aquella esfera, Cesc va somriure satisfet i va decidir cobrar-se la seua particular venjança per les garrotades que havia rebut anteriorment a mans dels companys d'aquells canalles:

—Vull que demaneu disculpes al meu amic ara mateix —els va exigir.

—Ho sentim, no ho tornarem a fer —corejaren els caps rapats, embadalits.

—Així m'agrada! I ara vull que obeïu com a bons xiquets, que aneu a dormir cada un a sa casa i que no us torneu a ajuntar mai més per a anar de cacera ni per a fer cap acte violent. D'ara endavant, tractareu totes les persones com a iguals i abandonareu qualsevol actitud racista. I si teniu ganes d'apallissar algú, us limitareu a pegar-vos cabotades contra la paret i au. Entesos?

—Sí, sí, entesos.

Els quatres xenòfobs van tornar a pujar al seu cotxe i marxaren amb els caps cots, profundament penedits de totes les barbaritats que havien comés. Quan per fi desaparegueren de la seua vista i l'ensurt passà, el migrant va agrair el gest valent al xicon i ambdós es disposaren a creuar el pont.

En canvi, l'home, en lloc de travessar-lo per complet, es parà a mitjan recorregut a observar la visió melancòlica del paisatge nocturn metropolità.

—El cercle s'ha tancat, Cesc —va anunciar amb veu apaivagada i en to de comiat—. En arribar a l'altre extrem del pont, estaràs de nou baixant per l'ascensor del teu edifici com si res, com si tot el que has viscut hui no haguera passat en realitat; el temps tornarà a córrer i tu podràs desembarassar-te del fem d'una vegada per totes. Però, procura no oblidar mai el que has aprés aquesta nit...

—No crec que puga fer-ho —respongué l'adolescent.

Tots dos es quedaren mirant-se de fit a fit i, per un instant, el viatger de mons insòlits i el rodamon d'amargues realitats es van veure emmirallats l'un en l'altre. Finalment, després d'aquella breu pausa, l'adult hi va afegir un darrer comentari:

—Per cert, abans quan has aterrat sobre el meu carro, t'ha caigut això: la guia del videojoc. La vols?

—No, gràcies —la rebutjà Cesc—, crec que ja no la necessitaré més. Aquesta nit m'he adonat que, al meu voltant, tinc molts reptes reals per superar i entorns ocults per descobrir, gent propera a qui ajudar, un fum d'adversaris per combatre i, sobretot, un món sencer per guanyar.

Ací acaba aquest llibre
escrit, il·lustrat, dissenyat, editat, imprés
per persones que estimen els llibres.
Ací acaba aquest llibre que tu has llegit,
el llibre que ja ets.